夏商小说系列

夏商

乞儿流浪记

华东师范大学出版社

图书在版编目(CIP)数据

乞儿流浪记/夏商著. —上海:华东师范大学出版社,2018

(夏商小说系列)

ISBN 978-7-5675-8453-2

Ⅰ.①乞… Ⅱ.①夏… Ⅲ.①长篇小说-中国-当代 Ⅳ.①I247.5

中国版本图书馆 CIP 数据核字(2018)第 242699 号

乞儿流浪记

著　　者　夏　商
策划编辑　王　焰
责任编辑　朱妙津
责任校对　王丽平
装帧设计　夏艺堂艺术设计+夏周

出版发行　华东师范大学出版社
社　　址　上海市中山北路 3663 号　邮编 200062
网　　址　www.ecnupress.com.cn
电　　话　021-60821666　行政传真 021-62572105
客服电话　021-62865537　门市(邮购)电话 021-62869887
地　　址　上海市中山北路 3663 号华东师范大学校内先锋路口
网　　店　http://hdsdcbs.tmall.com/
印 刷 者　上海中华商务联合印刷有限公司
开　　本　889×1194　32 开
印　　张　8.25
字　　数　154 千字
版　　次　2018 年 11 月第 1 版
印　　次　2018 年 11 月第 1 次
书　　号　ISBN 978-7-5675-8453-2/I·1978
定　　价　42.00 元

出 版 人　王　焰

(如发现本版图书有印订质量问题,请寄回本社客服中心调换或电话 021-62865537 联系)

序

出版文集至少有三个作用，一个是归纳较为满意的作品，一个是带有定稿本性质，再一个就是作家的虚荣心。

在严肃文学式微的时代，写作作为一种多余的才华，连同被虚掷的光阴，是无中生有的幻象。有时候，我甚至不认为写小说是一种才华，至多是无用的才华。虚荣心是支撑作家信念最重要的一根拐杖，而这种虚荣心，其实也是自我蒙蔽，写作只是著书者的自欺欺人，它是件私密事，和所有人无关，小说首先是小说家的，其次才是读者的，小说里的故事和现实中的故事最终皆会烟消云散，小说家虚荣的逻辑在于，假装写作是有意义的。

上世纪八十年代末初学写作，转眼三十年，用坊间谐谑的话讲，小鲜肉变成了油腻男。过完半生太快了，再过三十年，说不定就过完了一生。写作这件事，是我延续最久的行为，即便有创作停滞的阶段，对文学还是初恋般凝望，怕与之隔膜太久，断了音讯。

即便如此，写出满意的小说更多时候是一厢情愿，无论满不满意，文字终究慢慢攒起，发表、出版、修订乃至推倒重写，宛如跟自己的长跑，一直掉队，一直掉队，最后败给自己。

小说出版后的命运和作者基本无关，仿佛风筝飘远，作者手里没有线辘——书籍永远在寻找读者,而作家只有一张书桌。

2009年,由上海锦绣文章出版社出版了第一套文集"夏商自选集",四卷本,作为不惑之年的礼物。

这次由华东师范大学出版社刊行的是第二套文集,在此之前,在该社先后出版过讲谈集《回到废话现场》和修订版《东岸纪事》,彼此建立了信任和友谊,尤其是王焰社长对拙著《东岸纪事》不遗余力的推荐,让这部小说获得了更多知音,始终铭记在心。

之所以用"夏商小说系列",依然没有用"夏商文集",理由很简单,希望在更老一些,完全写不动时再冠以这个更具仪式感的名称。

"夏商小说系列"包含长篇小说四种五卷,中篇小说集及短篇小说集各两卷,共八种九卷。比2009年版容量大一些,年纪也增了近十岁,大致是送给知天命之年的礼物了。

借此机会,对作品进行了全面修订,写作之余也喜涂鸦,用毛笔字题签了封面书名。装帧是请留学海外读设计的夏周做的,是我喜欢的极简风格。

再次感谢华东师范大学出版社,感谢这套书的策划编辑王焰社长,感谢责任编辑朱妙津女士。编辑隐身于幕后,作者闪耀于前台,美德总是低调的,而虚荣心总是趾高气昂。

2018年1月18日于苏州河畔寓中

目录

第一章　001

第二章　059

第三章　141

第四章　203

第一章

1

如果你向本能屈服，你将变成一只丧家犬。如果你向本能挑战，你同样会变成一只丧家犬。

我写完这个警句，地震就开始了——墨水变幻成的鼹鼠、蝙蝠和蜥蜴在稿纸上快跑乱飞，很快突破页面，布满书桌，把咖啡杯、书籍和摆件撞翻——惊骇之余，把纸捏成一团扔掉，手忙脚乱重新换上一页。可它们又折回来，带来了破坏力更强的飓风和暴雨，就像神笔马良，笔尖触及之处，摇晃中的岛屿在远方浮现出来，在更近的画面中，她诞生了。

这个女婴的出世具有象征意味，人们将她与灾难联系起来。她来了，所以她母亲死去，还有那么多人同时殉葬，整个街镇，因为她的光临而变成了废墟。在幸存者眼中，她是一个多余的孽障，她固然是多余的，如同那截从脊椎骨延伸出来的尾巴，可她不可思议地活了下来，这又使大家对她充满了敬畏。

现在，她在风雨中赤裸着身体。她的母亲，一个贫困的货担小贩由于失血过多在最后喘息。地震发生在凌晨，睡梦中的人来不及反应就被埋进了倒塌的房屋。这个比瞬间还要短促的时分，来自地狱的排山倒海的力量拆碎了整个岛屿。

与周围砖瓦结构的建筑相比，她降临人间的这个老木屋倾覆得更迅速一些。她来自一个居无定所的家庭，没有人知道她的姓氏。她没有名字，脐带刚与母体脱离就成了孤儿。这个场景里弥漫着浓郁的煞气，如同伸了一个懒腰，腐败的老木屋夸张地舒展开来，所有的骨骼交错到一起，互相抵制然后产生木头的骨折，最后它像骆驼般倒在地上，轰的一声，尘土中飘着菌蕈及其孢子的霉味。一个过路的醉汉在阴霾的背景中看见了这一幕，他被吓醒了，一栋残屋像黑色巨兽扑来，在距离数米之遥的地方摔倒了。

这个人开始奔跑，他完全清醒了，求生的欲望使他想快速逃离，他足下生风，希望能一步踏进空旷的野地。可他没有成功，他跑得再快，也赶不上死亡之光。陷落与崩塌使更多的建筑消失了，一只巨大的手掌推倒着一切，他被一棵树击中了，那棵树摆脱了泥土，在风中摇摇摆摆地翱翔，用一根锋利的桠杈挑开了他的肚皮。

此刻，如果用灵异的眼光看，无数灵魂正在从废墟里飘出来，熙熙攘攘，在砖垒和断梁间成为孤魂野鬼。

而轰然倒塌的老木屋下面，除了苟延残喘的产妇之外，还有一只在夹缝里挣扎的狗。

侥幸脱身的接生婆惊叫着坐在了地上。

产妇的下半身完全被束缚住了，折断的右臂耷拉着，只能用左臂搂住女婴，让她偎偙在胸前。这个姿势定格于地震发生的刹那，完全出自母性的本能。女婴试图吮吸乳汁，但很快从慢慢变冷的母亲身上滑落下来，掉在一旁。

那只狗努力从夹缝里挤出来，得到自由的代价是腿瘸了，扩大的伤处在流血。它的叫声听起来更像是哀鸣，它来到母女俩旁边，看了眼女人，她已没有了呼吸，两只眼睛瞪得很大，看着塌陷下来的天穹，或者别的什么。

狗小心翼翼地衔起女婴，余震还在继续，它的每一步都隐藏着重重危机。它一直朝南走，那里是镇中心，如果完美如初的话，会有广阔的草坪和漂亮的园艺，是大人们唠嗑和儿童放纸鹞的地方。狗知道这个去处，是因为常去那儿逛逛，有时独自前往，有时跟在陌生人身后。狗眼湿漉漉的，它知道过去的好时光永不再来。

镇中心聚集着惊魂未定的人们，大多衣不蔽体，是掀开被窝奔出来的逃生者。风声凄厉的雨夜，哭声由此及彼。可怜的狗叼着女婴来到一个人群中间，很幸运，有人注意到了它的出现。他们围上来，从它嘴里接过了女婴，因为寒冷和饥饿，她已冻得发紫，也许再过一秒钟，她就会断气。可她活了下来，好心人把她裹进一块珍贵的毛毯，贴在胸口用体温把她焐暖。她就这样活下来了。她没有名字，也许是因为滞产儿的缘故，她生下来就有了柔密的褐色头发，恍如麝香的软痂浮在发丝间，她的头发异常弯曲，像一蓬乱草摇曳舒张，我把她叫作鬈毛。

从这一刻起，鬈毛戏剧般的传奇拉开了帷幕。我们不能将她今后岁月中所历经的苦难都视作不幸，那只是她生命中应当承受的部分，所有苦不堪言的回忆都是美好人生的赠予，甚至可以这样说，人生的真谛正是隐藏在悲剧之间。

刚摆脱了死亡威胁的鬈毛被再次遗弃，那一小截盲肠般多余的尾巴在她尿湿毛毯之后露了馅，这使周围陷入了一片恐慌，鬈毛被放回了地上。大家看着她，如同看着一个鬼魂，造成这个局面是与正在发生的劫难休戚相关的。假如没有这场地震，鬈毛的小尾巴就仅仅是返祖现象或遗传变异，与六指头与多毛症没有区别。然而地震使大家成了惊弓之鸟，哪怕黑暗中飞来的一只蝙蝠都可能被视作死神的使者，何况一个长了尾巴的婴儿。所有的人都吓坏了，他们躲得远远的，只有那只忠诚的狗守在鬈毛身旁，呜咽地悲鸣直到力竭而卒。

毛毯包裹着娇弱的女婴，使她不至于立刻被冻死，使她的生命能够维系到救星出现。她来了，一个鹑衣百结的以乞讨为生的老太婆，拄着一根竹杖，趿着破损的布鞋，头上有一块褴褛的纱巾。她看上去灰蒙蒙的，不知道是皮肤的黑还是身上的龌龊，也许两者兼而有之。对鬈毛来说，她是没有选择的，一个来历不明的不祥之物，能够被收留已是最大的运气，她不能决定自己的未来和不可知的命运，就像她不能决定自己的出生一样。

老太婆俯下身，将鬈毛抱起，放在随身携带的一只大篮子里，对她来说，捡到这个女婴和捡到别的什么被人遗弃的东西没什么不同。在颠沛流离的生涯中,她捡到过的活物并不少,狗和猫最常见,有时还有从耍猴人那儿逃出来的猴子。老太婆对待它们的办法很简单——杀了吃掉。她有一件御寒的袍子,就是用那些可怜的畜生的毛皮做成的。因为没经过硝化,皮板又硬又僵,散发出令人窒息的气味。但对老太婆而言,它是重要的财产,可当棉衣穿,又可当被子盖,紧急关头还可以作为储备粮,撕一片煮烂聊以充饥。

她把鬈毛放进大篮子,拎着离开了中心广场,周围的人看着她消失,暗自松了一口气。毕竟,女婴没有在他们的冷漠中死去,使他们良心受到的谴责要少一些。虽然那是个长尾巴的女婴,被赋予了不祥的意味,可那是被强加的,是人在突如其来的灾难中由于极度惶恐而强加给自己的暗示。事实上,女婴是无辜的,如果她真的在熟视无睹中夭折,那么现场每一个有良知的人都会产生负罪感。而眼下,女婴被带走了,虽然带走她的是一个流浪的乞丐。但至少她有了活下去的可能,或者换一种说法,即便仍将死去,至少在离开时是活着的。她日后的命运已在这些人的视野之外,毫无疑问,老太婆的背影让他们在心灵上得到了解脱。

老太婆拎着女孩,如同拎着一篮子残羹剩饭。这样说,不是一种暗示,不过是指出了老太婆对女婴的态度。尽管如此,我们也不必有过多忧虑,鬈毛是一个女婴,而非猫狗,老太婆尚不至于吃人。她之所以要捡回鬈毛,不过是要一个乞讨时的道具罢了。

穿过残垣断壁的镇中心，穿过一个已不复存在的市集，老太婆来到了田野。这里有她的栖居地，一座废弃的碉堡。

一路上，突如其来的倒塌与瘫陷让老太婆心惊胆寒。整个世界就像纸糊的一样弱不禁风，每一次余震都会增加新的废墟，废墟中传来的鬼哭狼嚎与风声交织在一起，听起来就像把黑暗撕成了一片片布，挥撒在无边的绝望里。

而跟前这座战争遗留下来的固执而封闭的水泥军事设施，却在飘摇中像癞蛤蟆一样匍匐着，丝毫没有要一跃而起的样子。

老太婆爬进顶部的正孔，顺着一把竹梯来到碉堡内部。她虽已老迈，身手仍然利落。碉堡外壁原本有数个洞，打仗时可供伸出枪管。老太婆住进来后，保留了一个洞，剩余的都用泥巴封死了，这样做的好处是空气不能对流而过，冷天可以御寒。而到了夏季，只需将那些泥巴推倒，风就可以长驱直入，吹掉闷热与暑气。

老太婆将女婴从篮中取出，搁在她的那件毛皮袍子上。一支点燃的蜡烛使碉堡内有了光明，因为雨水的濡湿，鬈毛身上的毛毯有些发潮。老太婆将它展开，从鬈毛身下抽走。赤裸的女婴暴露出来，她牙关紧咬，已陷入昏迷。老太婆用手指摁住她的人中，少顷，终于令她啼哭。老太婆松了口气，女婴哭声不止，用这种方式提醒老太婆自己正饥肠辘辘。

老太婆将毛皮袍子两边一搭，盖住了鬈毛。看一眼四周,狭小的空间里没有转身的余地,各式各样的垃圾见缝插针地拥挤着。也有几件生活用品,一只陶质的缸,上面架着木头的圆盖子,放了一个显眼的台式煤油炉。炉上架着一口通体墨黑的铝锅,老太婆蹲下来,往一个暗处掏着什么,起身时手里捧出了一些米。她小心翼翼地把米丢进铝锅里,移开圆盖的一部分,直接用铝锅去舀里面的水。离碉堡不远的地方,有一个水库,老太婆隔几天去那儿一次,拎回一桶水。她有一块明矾,用它打一会儿,水就变清了。此刻,老太婆点燃了煤油炉,她要熬一些米汤给啼哭中的女婴喝。

可鬈毛等不及了,她饿极了,只是还有力气哭,她居然把毛皮袍子踢开了,四肢朝天如同一只挣扎的青蛙。

老太婆回过头来,对女婴说,别闹了,以后有你饿的日子呢。

鬈毛毫不理会,声声不断大放悲歌。蹬动的双腿中间,粉红色的尾巴滑稽地抽搐起来,老太婆吓了一跳。

哎哟,你怎么还长着这么个东西。老太婆将女婴抱了起来,举到头顶看那截肉做的细绳子。她被这个发现逗得笑了起来。

鬈毛被放回毛皮袍子上,老太婆把煤油炉点燃。相比于外面,碉堡内要暖和很多,蓝色火焰仿佛舞蹈的梦魇,投影在斑驳肮脏的墙上,与浓郁的霉味混合出陈腐的气息。

老太婆一边咳嗽一边卷着烟卷,烟丝是从捡来的烟头里剥出来的,去掉烧焦的烟蒂,剩下的收拢到一块,积少成多，搁在薄纸片里，一推一卷沾上唾沫，就是一支烟了。

烟的造型呈锥形，一头大一头尖，并不影响口感。老太婆叼在嘴上，吞云吐雾的神情中，可以看出她的陶醉。

女婴仍然在不屈不挠地哭，老太婆望了一眼通体墨黑的铝锅，火舌正舔着它的底部。揭开锅盖，米粒沉积在透明的水中，距离煮成米汤的乳白尚远。女婴的啼哭让老太婆有点心烦，她活了那么多年，最大的经验便是饥饿，她也有些为手舞足蹈的女婴着急，可总不至于喂凉水给她喝吧。

老太婆烦恼地坐在地上，看着毛皮袍子被女婴再次踢开，女婴屁股上那根调皮的肉绳子红蚯蚓般扭动。老太婆一边咳嗽一边笑个不停，这时她看见有个脑袋从上面探下来，老太婆直起身子，把笑停住，来福，你干吗呢？

来福跳下来，双脚落地后，一张哭丧着的脸转向老太婆。这是个男孩，八九岁光景，穿着破衬衣，袖子捋得很高，下摆拖至膝盖，身上手上血淋淋的。面对着老太婆的吃惊，他把嘴一歪，眼泪流下来了——

鼻涕虫给砸死了，我把她拖回来了。

老太婆腮部哆嗦了一下，踩着梯子把头探出洞外，看了看，又将头颈缩了回来——

人都死了，把她拖回来又有什么用？

我们把她埋了吧。来福红肿着眼睛，毛皮袍子上的鬈毛引起了他的注意，哪儿来的小毛头？

老太婆说，路上捡的，先养着玩吧。

来福说，外面都给毁了，死个人跟死个老鼠一样，要不是逃得快，我也给压在房子下面了。

老太婆说，炉子上烧着米汤，待会儿熟了，你喂给她吃吧。

来福说，我可不会，怎么喂呀？

老太婆说，没见过喂小孩么？

来福说，我是说我没弄过。

老太婆说，那就让她饿死吧。

来福说，好吧，我试试看。

老太婆说，我出去看一下，待会儿回来。

来福说，鼻涕虫怎么办？

老太婆说，现在黑灯瞎火的，等天亮了再说。说着，爬出方孔，来到黑夜里。

鼻涕虫瘦小的尸体离开碉堡仅五六米之遥，满身血污仰面而卧，差点绊倒了老太婆。远处传来的号啕声和建筑物轰然倒塌的声音依稀可辨，周遭的世界已变成了地狱。老太婆看了鼻涕虫一会儿，其实看得并不真切，雨一直在下，野地变得十分泥泞。在灰暗的光线下，看到的毋宁说是一具人形泥塑，但她确实是鼻涕虫，一个永远处于伤风之中的小女孩。这个小女孩是个天生的乞讨高手，她摆出一副要把鼻涕往人身上蹭的姿势，让不愿施舍的人乖乖就范，当然，也曾因此被揍得鼻青脸肿。

如今她死了，不必再冒着被毒打的危险去行乞了。

老太婆踩着稀烂的泥巴重新来到中心广场，她两手空空，披着那条毛毯，目的是为了找到那条狗，那条在女婴边上死去的狗，那可是美味丰饶的大餐。在损失惨重的天灾之后，尾随而来的就是食物短缺。作为一个从未离开过岛屿的人，老太婆对地震并不陌生，地震带来的破坏对她生活产生的影响是微乎其微的。她原本就一无所有，也不至于失去什么，她要做的唯一的事就是囤积食物。虽然这是个地震频繁的岛屿，这一次爆发出的摧毁力仍是空前的。老太婆虽饱经沧桑，看着悲惨的景况，鼻子也不禁一阵发酸。如此大规模的灾难，必然会产生饥荒和瘟疫，很多无助的人将在无助中死去。只有早作准备，才能避免成为野地里的饿殍。

雨比方才小了些，威武的风却未丝毫减弱，老太婆蜷缩着身体出现在镇中心。此刻，这块广阔的平地成了最好的避难处。老太婆像一张单薄的剪纸，佝偻的轮廓比黑暗的背景还要深一些。她来到那只死去的狗跟前，提起一对前爪，从背后驮起它。毛毯趁她不注意的时候滑到了地上。她握住两只耷拉在胸前的狗脚，背很低地弯着，狗尾巴垂在地上，脑袋随着老太婆的步伐颠簸甩摆。远远看去，像一只后面偷袭的狼在啃老太婆的脖子。

很多人在沉默中注视着老太婆，有一个声音响了起来，喂，你不能拿走那只狗。

老太婆慢慢把头转过去，一个中年男人正踩水而来。

你不能拿走它。那人道。

这是你的狗么？老太婆问道。

不是我的，可狗肉是大家的。中年男人道。

这条狗死在这儿好长时间了，你们怎么没去捡？老太婆道。

中年男人拦住去路，骂道，臭要饭的，我让你把它放下。

老太婆冷笑道，从一个臭要饭的嘴里讨食吃，你算什么？

说着，让死狗从背上滑落在地，直视着中年男人，狗在这里，你来拿啊。

老太婆口气阴森森的，眼光里潜伏着杀机，中年男人暗自掂量着对方的决心，最后败下阵来，转身走了。

老太婆离开之后，来福也爬出了碉堡。鼻涕虫的死让他伤心极了，他们是行乞的搭档。因为比他小，鼻涕虫叫他哥哥。他们是老太婆捡来的弃儿，彼此没血缘关系，看上去和真正的兄妹也没什么不同，时常斗嘴赌气，却把对方视作最亲密的人。然而一块飞翔的瓦片就把他们分开了，拉着鼻涕虫逃命的来福突然发现掌中的小手离开了他，他回过头，看见鼻涕虫扑倒在地上，天灵盖被瓦片掀开了，可怜的小女孩连叫都没叫一声就死了。

虽然蝙蝠般暗藏的危险仍会扑棱棱飞来，来福还是倔强地把鼻涕虫拖回了碉堡旁。不知他从何而来的力气和决心，眼泪、汗水和雨滴交织在他脸上，泥泞的拖力没有让他放弃，他不愿让鼻涕虫横尸街头，最后垃圾一样被处理掉。

来福守在鼻涕虫身边，碉堡内鬈毛在嘹亮地啼哭。老太婆对鼻涕虫死亡表现出的冷漠让来福暗生怨恨，老太婆是收养他的人，也是这个世界上对他最刻薄的人。她把任何好吃的东西都留给自己，稍不顺心就会拳脚相加，他和鼻涕虫没少挨她揍。有一次，他偷抽了老太婆卷的烟，差点被老太婆用毛皮袍子闷死。还有一次，他和鼻涕虫得到了半只烧鸡，经不住馋虫的诱惑私下吃了，老太婆从他们嘴巴里闻出了真相，把他们捆住，直到用一盆脏水把饿死过去的他们泼醒。

来福知道鼻涕虫和自己在老太婆眼里不过是一文不值的破烂，鼻涕虫死了，她连一滴眼泪也没落下，真是铁石心肠。可来福又能怎么办，他是寄人篱下的小要饭花子，老太婆至少给了他一个遮风避雨的地方住，使他看上去有家可归，不至于像个孤儿。

来福开始挖土，他要在肥沃的田野上挖出一口天然的棺材，把鼻涕虫放进去。他用来挖掘的是把断柄的破铲，在空旷而死寂的夜色中他认真地掘着，进度很慢，一刻不停。

碉堡内鬈毛的哭声干扰了他，从来福的主观来说，他懒得理会那个不知从何而来的婴儿。他沉浸在刚刚失去密友的悲痛中，哪有心情去管一个陌生女婴。

但他心肠硬得并不彻底，终于扔下手里的破铲，朝碉堡走过去。因为他听到女婴的哭声越来越细微，他人性中基本的同情心被唤醒了，他钻进碉堡，闻到了久违的香味。米汤已熬好多时，可惜由于无人看管，溢出不少，也因此浇熄了煤油炉，没让火苗将锅底烧穿。

借着奄奄一息的烛光，女婴嗷嗷待哺的嘴巴让来福犯了愁，他见过女人用奶子喂婴儿，他是男孩，用什么来喂呢？

来福拿了一支蜡烛，将那支快要用完的换掉。这些基本的生活用品是来福和鼻涕虫合作后得来的。镇上的杂货店他们都曾光顾过，在这方面从未失过手，蜡烛每次可以捞上两大盒，火柴亦是。比较费事的是煤油，因为它贮藏在大铁桶里——岛上常停电，家家户户都备有煤油灯——可难不倒来福，他借助一根橡皮管，用虹吸法将煤油传输到店外的鼻涕虫那儿。他们的分工就是这样，一个在内，一个在外。大功告成之后，来福还会顺手捞上些米饼或糖果，在回程中与搭档一起解解馋。不过他们不敢吃完，要把大部分留给老太婆，老太婆就像可怕的女巫，什么都别想瞒过她。

来福用筷子挑了些米粒嚼起来，一边往下咽一边想，平时老太婆看得最紧的就是她的米。今天舍得拿出来，真是西边出了太阳。端起铝锅喝了一口米汤，将鬈毛抱起来，搂在怀里，用嘴堵住她饥饿的嘴，让滑溜的液体慢慢流进女婴的喉咙。女婴止住啼哭，翕动双唇，来福的嘴一离开，她便咧开嘴摆出又要哭的架势。来福往嘴里续了口米汤，再去喂她。女婴娇嫩的舌头用力吮吸着，那种湿乎乎的吮吸使来福全身痒酥酥的。一丝来历不明的温柔使他皮肤浮起了颗粒，他哆嗦了一下，又喝了一口米汤，去迎接女婴迫不及待的嘴巴。

这一口还没喂完,听到老太婆气喘吁吁的叫唤,来福,快,出来。

将嘴巴从女婴唇上移开,攀上梯子把头探出洞外,他没看见老太婆,老太婆的声音在稍远处的一块黑暗里,他把米汤咽下去,大声问,你在哪儿?

女婴的哭声几乎同时响起,来福把她放在毛皮袍子上,女婴四肢乱蹬,哭得要背过气去。这一刹那,来福看见了她的尾巴,他傻了一下。老太婆又在催促他,他不敢多加懈怠,爬到外面,左右巡视着往前走。

他终于看见了老太婆,她被什么压着。走近一些,是一头毛茸茸的狼将老太婆扑倒了。他吓坏了,撒腿往回跑,跌跌撞撞爬进碉堡里,找了根木棒,紧攥在手,任凭老太婆呼喊再不敢出声。他畏缩在角落,确实被吓坏了。他想一定是丘陵上的狼被震下来了。老太婆叫了一阵,声音越来越轻,最后没了动静。这更肯定了来福的猜测,老太婆肯定是被狼咬死了。在这个过程中,女婴的哭声没终止过。来福十分惶恐,他担心把狼招来,紧张得真想把女婴掐死。可他一动不敢动,警惕地盯着碉堡入口,怕一闪身狼就会瞬间扑进来。就这样在女婴的啼哭声中熬到了天色泛白,直到近处传来嘈杂的人声,才爬出碉堡向外张望。有不少警察在走动,一只庞然大物伸出铁爪挖着泥土,地上正在形成一只大坑,来福来到田野上,在拐弯处看见了老太婆。

老太婆匍匐在地，身上是一条死去的狗，脑袋耷拉在老太婆肩上。地上一大片血，早就凝结了，分不清是老太婆的还是狗的，像一大片紫红色的霞光蔓延在草叶间。

来福走到老太婆跟前，蹲下身子，导致老太婆死亡的是一块带钝角的石头，上面血迹斑斑。来福直起腰来，脑海里浮现出这样一幅画面——黑暗中老太婆背着死去的狗往回走，沉甸甸的负重使她体力不支，终于在邻近碉堡的地方跌倒了，她的脸遭到了躲在草丛中的石头的致命一击。她当即昏厥过去，鲜血顺着石头汩汩地往下流，她醒来的第一件事就是对着碉堡大声呼救，但压在她身上的狼形狗尸吓跑了赶来的来福。因为失血过多，她没力气把狗掀下去，在绝望的哀号声中慢慢断了气。

泪水在来福眼眶里打转，在过去的这个夜晚，死神带走了他最亲近的两个人。朝夕相处的鼻涕虫自不用说，平日里凶神恶煞的老太婆也让他难过。老太婆纵然万般可恶，至少让他在生活中有了一个背景，一个类似于家长的角色。有了这样一个背景，就不再是无根浮萍。而眼下，他重新成了孤儿。来福嘴一咧，脸歪成了秋后的茄子，眼泪夺眶而出。

碉堡内的哭声让来福惊觉，这才想起了饥饿的女婴。那种嘴对嘴的柔软使他皮肤浮起了颗粒。他回到碉堡，米汤已凉，点燃炉火将它回热。这一次，他喂得更专心致志一些。嘴对着女婴的嘴，让热乎乎的米汤流进她喉咙。怀中微凉的身体在回暖，他眼泪不知不觉下来了。就这样，他一边哭一边喂着女婴，表情有点迷离，有点木知木觉。他用这样奇特的方式将女婴哺育长大，使她从婴儿变成女孩，这个奇迹是难以想象的。然而，鬈毛确实活下来了，除了那条已转成肉色的尾巴之外，与正常小姑娘没什么不同。她整天跟在来福后面，就像当年的鼻涕虫一样。对这对小乞丐而言，生活是动荡的同义词，他们离开了那座碉堡，在岛上到处流浪，不再有固定居所。他们时隐时现，是自己的主宰与俘虏。

2

时至今日，来福仍对那座碉堡的失去耿耿于怀。那是一个夏日的午后，他遭到了两名警察的驱逐。他们没有让来福作任何准备，就勒令他立刻放弃碉堡。来福抱着鬈毛离开的时候，屁股上还被踢了一脚。慌乱中，他只抢出了那张狗皮。然后就失去了苦心经营的安乐窝，开始了流浪生涯。

来福像一头被扫地出门却十分恋栈的家畜在碉堡附近转悠了几天，希望还有回去的机会，因为他觉得警察占领一个废弃的碉堡并不会长久。

事情的发展超出了他预测，碉堡被拆除了。拆除的过程很辛苦，用上了机械锤和炸药。不过也就是一个上午的时间，坚固的碉堡就不见了，如同一颗牙床上多余的牙齿，被连根拔掉了。来福从市井传言中知道了事情的真相，这里要在包括碉堡在内的一整块土地上建造一座寺庙。多年前的那次空前的浩劫造成了五千多人死亡，成为史上最大一次灾难，当时大批无法处理的尸体被集中深埋，成为居民心中恒久的伤痛。而今，重建后的小镇准备用一座寺庙来祭奠亡灵，于是这块地被圈中了。

来福压抑地眺望面前的田野，他是那次集体埋葬的目击者。此时此刻，眼前飘起了阴霾之雨，凄凉的场景在寒意中浮现出来。那些记忆宛如发作的癫痫，将他捆住丢进冰窖般刺骨的噩梦之中——

从碉堡顶上望出去，那只伸缩着铁爪的庞然大物正将大地刨开，使堆在一旁的泥形成巨大的土包。雨一直在下，来福被淋得精湿，他没躲进碉堡避雨，张大嘴巴，将雨水与悲伤一起吞进肚子。眼前的画面令人心碎，那么多死人源源不断被运抵过来。衣衫不整甚至裸露，被随意放下，横七竖八，消散的生命毫无尊严可言。活着的人在哭泣，距离远，看不清悲怆者的面目，从他们的捶胸顿足或掩面号啕中，可以嗅出分泌在空气中的绝望。来福抹了把脸，自上而下，抹去咸涩的雨水。

埋葬开始了，警察维持着秩序，将那些泪人与死者分开。尽管动用的是规劝的方式，可在情感战胜了理智的家属眼中，他们就像是死神的帮凶，要把亲人活埋似的。在这样的情况下，局面产生了一些混乱，由于警民力量悬殊，警察们明显处于劣势。被悲痛冲昏头脑的民众形成人墙，阻止接下去要进行的程序，此起彼伏的哭喊与谩骂声中有人操纵了那只庞然大物，让它停止了挖掘。

来福静观事态的发展，他是旁观者，也是当事人。这样说因为他是一个无牵无挂的小叫花子，却有两个与他关系亲密的人也在尸体中间。

鼻涕虫与老太婆的尸体是在来福昏昏入睡时被搬走的。经过一夜担惊受怕的防备，狼终于没来。因为高度紧张而一宿没合眼的来福乏极了，以至于在喂女婴的过程中睡了过去。当他醒来的时候，看见女婴趴在胸口上，眼睛与他的眼睛靠得非常近，潮湿的嘴巴蹭来蹭去，搞得他满脸都是口水。

来福直起腰，焦黑的铝锅里还剩些米汤。端起来喝了一口，冷若凉水。懒得去热，将米汤含着，去喂她。这一顿耗时较长，因为米汤要在口中沾点体温。女婴撒了泡尿在来福腰腹间，热腾腾的液体让他吓了一跳，他又看见了那根尾巴，忍不住用手去拨了一下。他奇怪极了，不能理解人为什么会长尾巴。同时他又觉得很有趣，因为他自己没有。他也有一个尾巴似的东西，不过长在前面，是一根软塌塌的玩意儿，根本不能和女婴灵活的尾巴相比。他拨了一下尾巴，它蚯蚓一样扭动起来，他那个东西怎么比得了。

女婴腿间的那个凹塘来福却不陌生，虽和来福的不一样，却跟鼻涕虫并没什么不同，鼻涕虫蹲下来撒尿时来福都要嘲笑她。当然他的姿势确实要漂亮一些，他用脏兮兮的手指将玩意儿一夹，挺起肚子，尽可能射远，有时故意甩两下，让淡黄色的虚线挥洒自如地舞动，看得鼻涕虫目瞪口呆。

女婴始终喂不饱，米汤没了。来福把她放在毛皮袍子上，她声嘶力竭哭起来。由于久未进食，来福早已饥肠辘辘，他将锅底的米粒吃了，想起了什么，就爬出了碉堡。

老太婆和鼻涕虫不见了，此刻，雨不大不小地飘在天空，来福眺望着那只长着铁爪的庞然大物。他看了很久，虽没亲眼看到老太婆和鼻涕虫，但知道去了何处——那些横陈在泥泞之中的尸体，那个越来越深的大坑，以及后来争执起来的警察和民众让他明白了一切。

年少的来福面对如此庞大的死亡，悲伤被雨水浸透，幸好那只死去的狗还在，他钻出碉堡首先是为了它，对他这样的小叫花子来说，食物永远是第一位的。他饿了，想起了这只狗，这是顺理成章的事。

当然，他本想为鼻涕虫和老太婆各造一座坟，不过那要先填饱肚子，否则怎么有力气挖两个坑。另外还要等雨停，干活的效率可以高一些。

眼下，他的计划没必要实施了，已经有一个巨大的坟可以把鼻涕虫和老太婆装进去了。对此，他有些庆幸又有些负疚。不用费劲挖两个坑了。可这样一来，又觉得有点愧疚。他宁愿让雨淋着，准备目送她们入土。那样的话，虽没有亲手做坟，也算为鼻涕虫和老太婆送过行了。

集体埋葬进行得并不顺利，争执中庞然大物被人强迫停止了挖掘，自发形成的人墙将警察隔离在大坑外侧。对峙令空气变得稀薄，一个身披袈裟的僧人出现在视野里，来福抹了下雨水，使自己看得更清楚一些。那个僧人站在停滞不动的庞然大物上，人已老迈，胡子又白又长挂在胸前，手中拿着筒形喇叭，清了一下喉咙，四周的骚动平静下来。空旷的田野上，他嘶哑的声音具有某种撼动人心的力量——

不要再吵了，我理解大家的心情。地震来势凶猛，令生灵涂炭，余震还在继续，破坏也会加大。死去的人都是我们的父母儿女兄弟姐妹，我们庙里的和尚也有不少罹难。照理说，人生一世，死后该有一个像样的仪式。但目前的情况确实非常糟糕，地震把火葬场也毁了，这么多的尸体如果不及时处理，很可能造成大瘟疫。我是出家人，更明白你们的心情，所以把寺庙里的弟子都带来了，在这里诵经念佛，为死去的人超度亡灵，好让他们早日去往极乐世界。

老和尚说完，一下子从来福眼中消失了。这不是幻觉，真实的情况是，雨更猛烈地倾泻在来福面门上，使他一下子睁不开眼睛。

大坑四周的民众疏散开来，三十多个僧人围成圆圈，双手合拢，如同幽灵在田野上移动。人群里哭声又起，群葬开始了。老和尚的话起了作用，没人再来拉扯警察，他们只是哭着，越哭越响，汇成江河般汹涌的伤心合唱。

来福从碉堡纵身跃下，跑到了那只死狗跟前。他是瘦猴精，却有一股蛮劲。抓住死狗的两条后腿，就将它抬起来了。因为雨水的作用而有点浮肿的狗尸被搞到了碉堡里。

女婴依然在哭，她一直在哭。来福不去管她，他有自己的事要做。他脱掉衣服，抖开搭在悬空的木棍上。手里出现了一把刀，蹲下来一甩头，水珠从头发间飞洒而出，掌中刀阴森锋利。在狗颈部抹了一圈，让毛皮从狗的身首之处分开，随即踩住了它头部，扒开伤口，双手往下使劲，慢慢将狗皮揭了下来。

来福吃了小半个月狗肉，吃得都有点反胃了。灾难来临的时候，食物的珍贵高于黄金，失去家园的人们想方设法囤积食物。相比较，来福还是幸运的，老太婆生前在碉堡里囤积了几十斤米，加上一堆狗肉，使他能挨过食物短缺的日子。

岛外救援碍于自然条件的制约而困难重重，这座孤僻的岛屿与大陆相距甚远，两者间有一条不固定的航线，风平浪静时船耗费三个多小时可抵达彼岸。只是这段水域常有奇怪的巨涡出现，航行事故较为频繁，眼下是汛期，大风大浪成了家常便饭，涛水拍打堤岸，船只很难靠上码头。

飞机成了光临岛屿的首选，空投物资成了受灾民众的福祉。起飞数和载货量是有限的。余震尚在继续，灾情在加重。除了最迫切的食物和药品，遮风挡雨的帐篷和衣物也极为短缺。整个救援工作不间断地持续了十多天，直到岛屿上的秩序基本恢复正常，那些轰隆隆的大鸟才渐渐不见了。

来福大部分时间守在碉堡里，这是相对安全的地方。他也曾出去碰碰运气，以不至于坐吃山空，在这个过程中，听到了街头小巷的一个传闻，是与他有关的，他收养的长尾巴的女婴是可怕的妖孽。因为弯曲的头发人们叫她鬈毛，是她带来了这场地震，很多人对此坚信不疑。在神秘兮兮的描绘中，有一个版本让他着迷——鬈毛口吐蓝色火焰披着白光，骑着一只神犬奔出黑暗，大地的颤抖就开始了。

尽管如此，来福对鬈毛并无惧意。依然用嘴巴喂她，米汤、狗肉汤或者乱七八糟的其他流汁。

有个插曲，发生在地震之初。某一天晌午，两名不速之客把头探进了碉堡，看他们的模样是流浪汉或云游的手艺人，他们很远就闻到了刺鼻的香气，要来福交出狗肉。来福被他们凶神恶煞的模样吓住了，撕了一条狗腿递出去。其中一人刚要接，突露惶恐，骇道，你看那是什么？另一人顺着指引去看，目光刚好停留在女婴身上，她躺在老太婆留下来的毛皮袍子上，不哭不哼，赤裸着舞动四肢，似乎在冲他们笑。

那人懊丧道，传说中的鬈毛吧。

另一人道，看那条尾巴，不是明摆着，真是晦气，快走吧。

连到手的狗腿也没要，就溜之大吉了。

来福瞥一眼鬈毛，她的尾巴成为如此大的禁忌让他始料不及。他将头伸出洞外，那两人已经不见了。在他眼中，只有那座高耸的巨大土丘，那是集体坟墓。想到鼻涕虫和老太婆也葬在里面，来福略感宽慰，能够和那些平日里趾高气扬的人葬在一起，让他这个小叫花子感到公平。

地震给来福带来的直接后果是失业，一个以行乞为生的人，面对自身难保的社会，唯一的生存之道就是偷盗。可治安机构已贴出告示，在非常时期将实行宵禁。来福不识字，听到人们私底下说，宵禁的时候干坏事罪加一等，甚至可以当场乱棍打死。

来福不想被乱棍打死，只好在碉堡内待着，实在耐不住寂寞，也会出去逛一圈。一个野惯了的男孩，面对无边无际的孤独，他病了。

祸不单行的是，鬈毛也来凑热闹，上吐下泻，变得极为虚弱。没有治疗没有药，两个小孩被逼入了困境。来福用温开水来冲刷自己和鬈毛的肠胃。温开水是天然的退热消炎药，这是老太婆生前告诉他的。大量喝，蒙头睡出几身汗，就会慢慢缓过劲来。

温开水对来福疗效不错，他很快康复了。鬈毛却没好转，相反加重了。她全身蜡黄，蜷缩成一团，小小的五官一抽一抽，像被魔鬼控制住了。

来福觉得鬈毛活不了了，他从未见过这么黄的人。她的眼珠，她的尾巴，还有哇哇大哭时露出的舌苔，都像涂上了花粉，黄极了。

来福依然嘴对嘴喂鬈毛，她口腔中有发霉的味道。他坚持用温开水喂她，他想和死亡赌一把，他一遍遍摸着她的尾巴。觉得这样做奇迹就会出现，这说明鬈毛的尾巴在他心中同样具有神奇的力量。

他的办法并不奏效,鬈毛皮肤上的黄色并未褪去。她不再接受来福给她喂水,来福的嘴巴一离开,液体就从她嘴角往外流。这个局面维持了一宿,终于促使来福下了狠心。

来福拿来那张狗皮,把鬈毛包进去。狗皮原准备给鬈毛冬天御寒的,来福把它揭下来后,做了简单加工,剪掉四个爪子,把前胸从中间撕开,弄成了对襟。又将毛茸茸的狗尾断开,把破绽处撑大,天然的开裆就有了。鬈毛穿上它,样子应该是这样的——手脚分别钻进狗皮的前后足,头从颈部外露出来。对襟用细绳襻好,鬈毛立着腰,蹒跚地往前爬。从后面看过去,就是一只人面兽身的怪物。唯一欠缺的是,鬈毛体形尚小,这件外衣并不合体,待她长大些,与它吻合了,就会产生滑稽的效果。

可惜鬈毛没有长大的一天了,她奄奄一息,活不过今晚。来福像裹尸布一样用狗皮将她包好,放在田垄旁的沟渠里,咬咬牙走了。

如果来福的铁石心肠更牢固些,鬈毛就很难再有存活的机会。幸运的是,当天色暗下来时,鬈毛若隐若现的啼声钻进了来福的耳朵,他眼泪刷地流了下来,他一直在与自己较量,虽然一直躺着,却翻来覆去无法入眠。这会儿,鬈毛的哭声终于把他从内疚中挽救了过来。

他把鬈毛抱了回来,决定不再抛弃她,纵然死,也要让她死在碉堡里。借着烛光,他把目光投向女婴。她哭得声嘶力竭。也许是光线的错觉，他觉得鬈毛不再像原来那样蜡黄。凑近了些，鬈毛的肤色真的接近了常人，不再像一个垂死的生命，好像把她抛到野外，她反倒拯救了自己。来福转过一个念头，也许是尾巴起了作用，自己一遍遍摸它，当场没反应，事后灵验了。他这样想着，把鬈毛从狗皮中抱出来。裸露的鬈毛让他吓了一跳，她肚皮与手臂上吸附着五六只水蛭。来福熟悉这种暗绿色的虫子，饥饿的时候像一张摊开的叶子，一旦吃饱了血，就会鼓起来，肥壮如纺锤。

听老太婆说，蚂蟥是医生，最爱吸病人的血，它吃饱了，人的病也治好了。

来福用火柴去点蚂蟥，让它们从鬈毛身上掉下来，踩上一脚，它就变成了一摊血。过去不小心被蚂蟥叮上了，老太婆也会如法炮制。老太婆虽然刻薄，也让来福明白了很多生存之道，来福对她的厌恶中残留了些许依赖，依赖中对她的霸道又恨得咬牙切齿。

3

从收留长尾巴的女婴，到被警察赶出碉堡，来福与鬈毛已经共同生活了四个春秋。时值小发育阶段，他个子蹿高了不少。虽然仍是瘦猴精，看上去比原先要壮实些。相比较而言，鬈毛的年龄是准确的，她四岁了，来福只有大致生辰，十一岁或十三岁，连他自己也答不上来。

由于警察催得急，仓皇而逃的来福只抢出了那张狗皮，鬈毛已经可以大致合身地把它撑起来。眼下系盛夏，套在身上要焐出痱子。到了冬季，却是保暖又挡风的盔甲。鬈毛穿上它，果然是来福想象中的人头小兽。她已与鼻涕虫死去时差不多大，随着岁月流逝，面目特征也慢慢清晰起来。她有一双大眼睛，鸡窝般的弯曲蓬松的乱发。脸型略有点方，下巴却是尖的。令人印象深刻的是她的牙齿，又白又齐，与她脏兮兮的形象反差很大。由于长期营养不良，她的肤色显得十分暗淡。和所有乞丐一样，她很消瘦。奇怪的是，那次濒死经历之后，她再也没有被病魔袭击过，好像水蛭把体内毒素都吸尽了，使她有了万疾不侵的躯壳。这使来福百思不得其解，与鬈毛比起来，他可谓伤风大王，咳嗽发烧是家常便饭，照理很容易传染给鬈毛，至今他仍嘴对嘴喂她。这并非来福所愿，他早就让鬈毛独立进食。但鬈毛好像丧失了咀嚼功能，任何食物不经来福的口腔就无法下咽，她的那副好牙倒成了摆设。此事慢慢成了来福的负担，有一次他恶狠狠对鬈毛道，我们活在世上最重要就是把肚子填饱，你连吃都不会怎么活？鬈毛委屈道，我从小就是这样吃的，我喜欢你喂着吃。来福怀疑鬈毛故意要这样，他很矛盾，因为吃居然要成为他生活中一件私密的事。他已是一个朦胧的男孩，知道了异性之间的禁忌。对嘴喂食就是男女亲嘴的翻版。虽然鬈毛尚小，毕竟已不是婴儿。不知从哪一天起，他觉得这种喂食方式该结束了。因为他吮吸到鬈毛湿滑的舌尖时，脸一下子红了。这个瞬间是重要的，它迟早会出现。在那一刻，它如约而至，像熟了的榆钱砸在他脑门上。他把头一回，走动的过客中有人用异样的目光盯着自己，他发现置身于众目睽睽的岔道口，嘴贴在鬈毛的嘴上。他慌忙把口中的东西咽下去，萌生了羞耻。

他决定让鬈毛学会自己吃，为此软硬兼施费了不少心血。他的办法并不奏效，杀手锏也在倔强的鬈毛面前折断了，他整整三天没喂鬈毛，而鬈毛也跟在他屁股后面绝食了三天，直到把自己饿昏过去。

来福道，我们要长大的，不能一直这样吃东西的。

鬈毛道，为什么？

来福道，别人看到要骂的，会以为我是个小无赖，这么小就学会亲女人的嘴。

鬈毛道，我看到大人也这样的。

来福道，他们不是在吃东西，是在对啃，因为女的是男的老婆。

鬈毛道，那我做你老婆吧。

来福笑了，好的呀，不过你现在太小了。

鬈毛道，那我就做你的小老婆。

来福拿鬈毛没辙，败下阵来。从此有了禁忌，不在有人的地方进食。碉堡内当然没关系，若在外，则必是偏僻处。偶尔喂鬈毛的画面仍会撞破，就拉着鬈毛飞快跑开，找更偏僻处把自己和鬈毛的肚皮填饱。

这种把食物与唾液混合在一起的亲密接触有着显而易见的负面作用，撇开来福的心理障碍不谈，交叉感染等于完全不再设防。只是看似绕不过去的潜在的危险从未发生过，来福家常便饭的伤风并未成为鬈毛的感染源。鬈毛神奇的免疫力如同雨衣，挡住了腐蚀她肌体的雨丝般的疾患与病痛。

失去碉堡的来福带着鬈毛开始了流浪生涯。由于没有目的地，他们的行踪是随心所欲的。一开始沿着公路跑，有时也跳上长途汽车搭一段路。经过一段时间的旅程他们重新会回到启程的地方。当这种现象第三次出现的时候，夏日的酷暑已成强弩之末。来福终于相信了岛上流传的一句话——如果你没有一只船，只配绕着岛一直走到死。

来福不知道以后会不会有只船，一个夏季的流浪至少让他了解到身处的岛屿究竟有多么大。在此之前，他生活的半径不会超过十公里，那个可供归巢的碉堡羁绊了他的远行。怀着男孩顽劣的天性，来福早就有远走高飞的憧憬，真正实现心愿却是安乐窝被没收之后的被迫之举。这说明人的秉性是相通的，一个小要饭花子也要被现实的鞭子猛抽一下，才不得不与原来的生活决裂。

在汗流浃背的环岛流浪中，来福和鬈毛被毒辣辣的太阳烤得黝黑发亮。两个赤膊的小要饭花子将裤腿卷到膝盖，晕头转向地走着。来福斜挎着一只长歪了的野葫芦，木色，很脏，体积很大，是从一个打瞌睡的小贩那儿偷来的。在这方面，来福无师自通，天生是把好手。可这好像也不值得炫耀，哪个乞丐不精于此道呢？就连鼻涕虫活着的时候，都能给他当下手。而现在，鬖毛变成了另一个鼻涕虫，甚至比鼻涕虫更加高明，无论是顺手牵羊还是深入虎穴，都能手到擒来。更重要的是，她从未失手过，瘦小的身影有如神助，眨眼间完成了探囊取物，连来福都对她的敏捷感到了惊奇。

没有目的地的流浪是寂寞的流浪，时间多得仿佛永远用不完。一路上，来福干了不少寻开心的事。譬如把面孔贴在人家的窗玻璃上装鬼，譬如用包着牛粪的荷叶包袭击漂亮的村姑。他甚至还纵了一次火，烧塌了几间房子，还使一个瘫痪的中年女人被烟熏至死。他的劣迹花样百出，给他带来快乐，打发掉空虚。他渐渐成了这方面的行家里手，走到哪里都留下危险的杰作，耳濡目染的鬖毛也加入到游戏中来。潜伏在人体深处的破坏欲在两个小乞丐身上膨胀，他们并没有意识到后果的严重性，或者说，他们根本无所谓。这说明人的天性假若不受到任何约束是不堪设想的。对两个没有大人监护的小要饭花子来说，能够活下来已属奇迹，如何让他们去遵守社会的规条？他们血管里流淌着人类所有的清洁与肮脏，消极与宿命，枯萎与芬芳，罪孽与迷惘。

只有时间才是唯一的答案。

4

来福第三次回到了故地，他不知这是起点还是终点。田野里的庙宇已打好地基,重建后的小镇似乎也有了笑声。不过这一切对他并无意义。没有人在意他和鬈毛,他们甚至还不如街上窜过的两只鼹鼠。接二连三的重返让来福感到焦虑,他不想一辈子被困死在周而复始的怪圈中。他不知如何才能结束这种地理上的循环。他不想再回来了,他提醒鬈毛道,把裤衩拉拉好,别让人看见你的尾巴。

他不想招惹麻烦,大地震虽然过去了好几年,给人们遗留下来的创痛并未随风而逝。自从他收养了鬈毛,就清楚这个长尾巴的女婴被认为是灾祸的化身。虽然她的相貌未必妇孺皆知,但只要一不小心露出尾巴,驱逐、辱骂乃至殴打便会接踵而来。他熟悉那些人的嘴脸,先是惊愕,随即是揉皱了的抹布般的憎恶,似乎面前并不是行乞的小叫花子,而是威胁他们性命的鬼魂。这个时候,来福唯一能做的就是拉着鬈毛逃之夭夭。事实上,能顺利离去已是好运,有时会引来追兵,或者头上掠过石块。最可怕的一次,是被一个眼珠突出的老头赶上,差点把举到头顶的鬈毛摔死,如果不是来福撞击他膝盖让他跌倒的话。

这样的遭遇发生多了,来福悟出来,他和鬈毛很难在当地乞讨谋生了。他把生存的来源转移到偷盗上,鬈毛是他得力助手。她悟性很好,出手如梦,让来福自愧弗如。或许应该这样说,他们已不再是单纯的小要饭花子,而是以行乞作掩护的两个小贼。

鬈毛跟在来福身后,把裤衩往腰上提提。他们离开镇中心，沿着河往远处走。前两次他们都是走大路，这次来福决定跟着河水走，河水流到哪儿，就走到哪儿，总之大路是走不到终点的，它只能把你像邮包一样寄回来。

傍晚时分，他们已行进约二十里，来到了彻头彻尾的旷野。河边树很多，这是典型的乡村的黄昏。半明半暗的地平线，稀疏的农舍和此起彼伏的蝉声与蛙鸣。河水尚算清澈，不远处有桥，河坡有被岁月打磨的石板。两个小孩奔过去，站在石板上踢水。玩了片刻，小心翼翼下了河。站在水浅的地方用手拍打水面，他们好久没洗澡了，身上有难以想象的臭味。河水把他们皮肤上的污垢带走，他们浸泡在水里，待了很久才上岸，将湿漉漉的衣服挂在灌木上。

哥哥，你朝那儿看。鬈毛一直这样称呼来福。

来福把头一回，一个巨大的坟醒目地耸立在田野之中，繁茂的树遮住了视野，使他们方才没有发现它。来福道，这是第六个了。鬈毛道，第七个，你忘了把碉堡边上的那个算上。

来福道，七个了么？他光着屁股在田埂上坐下，扳起了指头。你说得不错，是第七个。

鬈毛屁股也裸着，尾巴随着奔跑而微颤，她回头问，数清楚了吧，是不是七个？

来福道，你瞎跑什么呢？

鬈毛在田间一跳一跳，大声道，哥哥，你说还会有几座坟山？

来福捡一块薄石片，在河面上打出几个水漂。他不知道岛上会有多少这样的大坟，只知道它们都是那场地震的产物。在环岛流浪途中，每隔一段时间它就会出现一次，已经有些麻木了。

鬈毛从来福眼里消失了一会儿，再次出现时，身边多出一个与她一样光着身体的女孩。女孩与鬈毛一般高，同样晒得黝黑，似一条滑溜溜的泥鳅。她刚从河里上来，斜背着竹编的鱼篓，左颊有块暗红色胎记，占了小半边脸。她拉着鬈毛，走到来福跟前，我叫酱油癍，是渔夫的女儿。

来福慌忙护住裆部，他从未在陌生女孩面前一丝不挂过，涨红了脸道，我叫来福。

把光屁股留给酱油癍，跑去把湿衣服穿上，顺手将鬈毛的裤衩揉成团，朝鬈毛扔过去。

一阵奇异的风吹了过来，将翻腾的裤衩变成了大蛾子，朝河中央飞去。

酱油癍一个猛子扎进河里，游出一幅水面，把头冒出来，大蛾子正在下降，她一伸手，接住了。

鬈毛看见大蛾子飞过来，她蹦了一下，做个仙人摘桃的姿势，手到擒来。

这组动作看得来福有点愣神，他是旱鸭子，酱油癍的水性让他目瞪口呆，到底是渔夫的女儿，他想。那么渔夫又在哪儿呢？来福扫视周围，没发现有别的人。

你爹呢？来福问河里的酱油癍。

在前面呢，跟我来吧。酱油癍道。

来福走到鬈毛身边，她正把腿往裤衩里套，来福道，把尾巴藏藏好。

酱油癍还在河里，已经游出去一大段距离，来福和鬈毛一路小跑才赶上她。这时候，一只小木船在河流的弯道露出了轮廓，野草和芦苇让它处在不易发现的背景里，如果不留神，就不会被发现。或者至少，还可以隐匿五分钟，直到有人近在咫尺地站在它面前。

5

来福和鬈毛在小木船上住了下来。渔夫是个友善的人，这是他们能够住下来的先决条件。另一个条件更为重要，渔夫并不忌讳鬈毛的尾巴。虽然来福曾告诫鬈毛把裤衩拉拉好，但实际上，酱油癍刚从水里爬上船头，就把来福的担心讲了出来——爹，我认识了一个长尾巴的小姑娘。

岸上的两个小要饭花子面面相觑，已经作好了逃跑的准备。可这一次有些不同，那个同样像泥鳅一样滑溜溜的渔夫，似乎并未吃惊，他朝鬈毛招招手，大声道，你叫鬈毛吧，我知道你。

渔夫表情里没有恶意，听说你能带来地震，是真的么？说着大声笑了起来。

来福低声对鬈毛道，他这么老，会是酱油癍的爹？

渔夫确实有点老，虽然有一副精干结实的身躯，但那是他常年劳作的结果，而面孔才是瞒不过去的真相。深刻的皱纹和银灰色头发证明他老了，像爷爷一样老。相比酱油瘪的年龄，确实很难把他与父亲这个称号挂起钩来。

酱油瘪拿掉鱼篓的竹盖子，把鱼虾倒在甲板上，爹，他们想留下来学抓鱼。

她声音很响，故意让岸上的人听清。显然她在撒谎，却并不怕被揭穿，笑嘻嘻地看着来福，一副稳操胜券的模样。

来福有点发窘，有点恼火，他装得若无其事，瞟了一眼渔夫。渔夫正把头抬起，他方才留意了一下酱油瘪的收获，他黑不溜秋的，不易分辨神情有无变化。他把腰猫下来，去解船上的绳子。

每天喝鱼汤能习惯么？他好像在对河里的鱼说话，声调似走偏锋，刚好能让岸上的人听清。

两个小要饭花子小心翼翼走下河岸，倾斜的坡度让他们站立不稳，他们把脚收回来。来福大声道，我们能学抓鱼么？

渔夫划桨的手臂十分有力，船慢慢靠岸。渔夫躲避着残存在树叶间的一束阳光，这是最后一束阳光。他眼睛眯起来，你还不会游泳吧，离抓鱼可有一大截。

来福放开了鬈毛的手，向前走一步，扑通一声扎进河里。

鬈毛吓得快哭了，来福扑腾几下，手忙脚乱站了起来。

河水到齐胸位置，没继续下沉的迹象。

来福撩起河水洗了把脸，这是多余的动作，他全身早湿透。原来才这么深。他把嘴一咧。

渔夫笑道，你运气不错，刚好踩在一块大石头上，不过不能动，一动就掉进河里了。

来福一吐舌头，鬈毛在叫，哥哥，你别动，会淹死的。

来福缩肩埋进水里，试探河的深度。他屏口气，从河面消失了。一圈一圈的涟漪向四周扩散开来，估摸有一分钟，来福像冲破一面镜子般冒了出来。

我抓到了一条鱼。来福高举手臂，抓到了一尾长着大头的鳙鱼，鱼嘴一开一阖，像在求饶，又像在骂人。来福握得死紧，殷红的血从指缝渗出来。

该死的鱼，敢扎我。他换只手抓鱼，将受伤的掌心摊开，舔了舔伤处，给我三天时间，我就能一边游泳一边抓鱼。

渔夫将船划向来福，让他可以够到船沿，酱油癍朝湿成一摊水的来福靠过来，没想到你的手比鱼还快。

来福朝河面啐了口，唾沫带点红，如同又硬又僵的蜡梅花骨朵，被细浪一掀，不见了。

鱼很笨，自己游到我手里来的，它动什么脑筋，为什么偏往我身上撞？来福道。

岸上的鬈毛叫唤，哥哥，我也要到船上来。

来福看了渔夫一眼，渔夫也正打量他。

你叫什么?

来福。

这名字不错,喜气。

喜气有啥用,还不是要饭的。

来福看见鬃毛趟水走在浅滩上,头上顶着一只大布包。里面是他们全部家当,没一件值钱的货色,没一件不是生活所需。譬如那张狗皮,可以保证冬天不至于被冻死,那只蓄水用的野葫芦,可以在夏日征程中保持不脱水。在漫无边际的跋涉中,这只大布包一刻不曾与他们分离,鬃毛顶着它行走的模样与一只驮着房子的蜗牛没什么两样。

小木船即是渔夫和酱油癞的家,中间鼓起的遮篷是吃饭睡觉的地方。空间逼仄,多出两个人,虽是小孩,所占的位置并不小。就寝成了问题,解决之道是四人交错而卧。一头睡两个,不得随意翻身。这个办法并不令人满意,到下半夜,渔夫爬了起来,把甲板当成了床。

却没很快入睡,眼睛睁着,星星和月亮就在他身边的河里,手一撩就可以把它们赶到天上去。

对来福和那个长尾巴的小女孩,渔夫早有耳闻。关于他们的传说岛上流传很广,特别是鬃毛,更像是神话里的人物。她来历不明,也许是恶魔的女儿,也许是转世未成的鬼魂。偏偏渔夫不信邪,他在船上度过了几十年,与河流终日为伴。都说溺死之人最会勾魂,可他从未遇到过水鬼,现实使他成了一个无神论者,他对鬃毛全无畏惧。不过他仍有疑惑，不谙水性的来福居然抓到了鱼，这有点蹊跷，或许可以用幸运来解释。还有件事也比较费解，为什么吃饭时要端着碗躲到树林里去，来福拉着鬈毛的手，跳上河岸，倏忽便隐匿在树丛中。酱油瘢尾随他们，人影也没瞧见。一袋烟工夫，两个小要饭花子再次出现，鬈毛将空碗抛高接住再抛高，像玩杂耍。来福像藏着心思，蹙着眉，有点迷失。渔夫丈二和尚摸不着头脑，吃饭有什么见不得人，为什么要回避。

来福从船舱内钻出来，靠近渔夫，说话捏着喉咙，冥想中的渔夫一愣，你怎么也不睡？

想问你一个问题，来福在渔夫身边躺下，为什么要收留我们？

渔夫道，问得好，我刚才也在问自己呢，为什么要收留你们呢，我又不是你们爹。

来福听渔夫口气，知道后面还有话，就没搭腔。渔夫将上身支起来道，想多两个人聊聊天，解解闷吧。

来福道，是想找帮手抓鱼吧。

渔夫看了眼来福，多抓鱼有什么好处。

来福说，鱼可以卖钱，多抓就能多赚钱。

渔夫说，钱多了又有什么用处？

来福说，这还用说，哪有嫌钱多的人。

渔夫双臂交错在脑后，在船上抓了一辈子鱼，从没离开过这个岛，我老了，再不多赚点钱换一条新船，恐怕就要死在岛上了。

来福道，你现在不是有船了，不能划到岛外去？

渔夫说，如果这船行，我还在河里折腾什么。岛外是风急浪高望不到头的大江，小木筏子浪头一打就散了，我一把老骨头还不喂了鱼？

来福道，听说对岸常有客船开过来，可以让它把你送到对岸去。

渔夫道，客船倒是常有，不少年轻人坐上它走了，可我自己有船，为什么要让它把我送到对岸去。我一辈子梦想有条能过江的船，如果做不到，也不怨别人，只能怪自己。

来福说，你是想要一条大船。

渔夫说，也不要很大，要带发动机，这种手摇的，对大江来说，跟木盆差不多。

来福似乎在发愣。渔夫问道，你在想什么，不是也想离开这个岛吧。

来福道，我也不知道，反正老是绕着这个岛转也怪没劲的。

渔夫道，我教你们抓鱼，等我有了新船，就把你们带到岛外去。

来福道，可我也不是非得离开这个岛。

渔夫道，那是因为你还小，才无所谓。

来福道，等我哪一天想离开这个岛了，也用自己的船出去，而不是被别人带出去。

渔夫笑了，光凭嘴说可不行，我年轻的时候和人打赌要横渡大江游到对岸去，而且还真的下了水。

来福道，后来呢？

渔夫道，游呀游呀，手脚都不是自己的了，人在江水里泡着，又冷又饿，前面是水，后面也是水，离淹死不远了。

来福道，后来呢？

渔夫道，就慢慢沉下去了，还有一口气，就一直憋着，不知怎么就站住了，一开始我以为到对岸了，左右一看，四面都是水，以为自己腾云驾雾了。

来福来劲了，后来呢？

渔夫道，头冒出来后，头颈和胸脯也冒出来了。我吓得一动不敢动，不知道发生了啥事，大概过了半个时辰，人全部离开了水面。你猜怎么着，脚下是泥土，原来是站在一个慢慢升起来的小岛上。

来福眼睛瞪圆了，后来呢？

渔夫道，我在这个岛上待了一宿，为自己的鲁莽感到后悔。岛很小，扁扁长长的，像一只蛏子。从这头去到那头，跨大一点也就是两三步的距离。我当时一点儿力气也没了，就躺下来睡着了。不知过了多久才醒来，江水在升上来，小岛在沉下去。忽然后背碰到一块黏糊糊的东西，把脸凑过去，四周蒙蒙亮，睡眼矇眬的，看不清是什么东西，摸上去好像是块肉。我想反正都是一死，吃了再说，就咬了一口，你猜怎么着。

来福问，怎么着？

渔夫道，好吃极了，我以后再也没吃到过那么鲜美的东西。没等我咽下去，就听到有人在叫我。是有人来救我了，我就站起来，我爹摇着小木船，就是现在这只船，来救我了。我跳到水里，拼命游过去。一激动，把那么好吃的东西忘记带走了。等我爬上船，往后瞧，那小岛只剩小尖角了。

来福道，后来呢？

渔夫道，后来才知道，游了那么久，一直在离岛不远的一个湾流里，否则早死定了，是那个像蛏子一样的小岛救了我的命。

来福道，你以后又遇到过那个小岛么？

渔夫说，掐指一算，过去三十多年了，倒是想再遇到那个小岛，毕竟它曾救过我。可不是想遇到就能遇到的。听老人们说，它是传说中的龙脊，一年半载冒出江面一次，晚上升起来，早晨就消失了，我吃了那一口的东西就是龙最喜欢吃的太岁。

来福道，太岁是什么？

渔夫道，据说吃了太岁，就再不用担心饿肚子了，不过这一点没在我身上灵验。

来福道，幸好没灵验，要不就成了不吃饭的怪物。

渔夫道，提醒我了，吃晚饭的时候，怎么和鬈毛一起走了？

见来福面露难色，翻了个身，不想说算了，不早了，睡吧。

6

时间源于自身流速,也源于世事变迁。两年化作七百多个夜与昼飘走了。从河边的风景看,一切平静如常,似乎什么都没发生,变化隐藏在不动声色的风中,渔夫突然溺水死了。

小木船仍在无名河中停泊或划行,远处的山峦树影叠翠。又到了夏天,一个收获的傍晚,甲板上鲜活的鱼虾啪啪乱跳,在某个高度摔下来,把自己揍得不轻。

鬈毛在不远处游泳,来福叼一袋土烟,双脚挂在水里,斜靠着遮篷,一团火烧云正在变淡。

这个少年正脱胎换骨,成了真正的渔夫。水性卓越,是一流的捕鱼高手。他的脸已接近成人,真正具有了兄长的风范,在处理老渔夫尸体的问题上,表现出一锤定音的权威。他向两个小姑娘阐述了两条:第一,渔夫是他们的亲人,第二,老渔夫的死是变成绳子的水草造成的。

遵循渔家传统,他们为渔夫实施了水葬。把小木船划到风平浪静的湾流里,承载着石头重负的渔夫沉到了江底。

橹声欸乃,小木船游弋在河流里,继续其漫无边际的漂泊。相比于动荡的行乞生涯,眼下的日子来福没理由不知足。如果说还有缺憾,就是他被鱼汤喝倒了胃口。这个问题并不是不能解决的，可以用卖鱼得到的钱换来令他垂涎欲滴的猪肉。每隔数里便会出现一个小集市，天蒙蒙亮去设摊，留下鬈毛守住小木船，自己去卖鱼。

从湾流返回时，来福发现赖以生存的这条河其实是大江的一条支流，入江口呈扇形，冲积出寸草不生的沙地。鬈毛叫了一声，我要撒尿，把尾巴露出来，面江而蹲。

酱油痣终于哭了出来，当然是为渔夫而哭。对渔夫的死，她最感伤心。三个孩子中，只有她才是渔夫真正的亲人。她哭得很用力，一股幽怨在体内乱撞。一张口，悲痛就变成汁液飞了出来。

来福眼圈也是红的，还有鬈毛，她已藏好尾巴，转过身来，眼里藏着泪花。

船驶进扇形的江河交汇处，意外遇了漩涡。来福手里的桨不再听使唤，有吸力从水底钻上来，把小木船弄得晕头转向。大约五分钟，漩涡的拧劲忽然消遁，放弃了已被控制的战利品，小木船得以返回河流。

一脱离危险，酱油痣重新哭起来。叽里咕噜的，像中了邪，耍赖一样倒在甲板上，吐起了白沫。

情状虽骇人，并不致命。来福给她掐了一会儿人中，就醒了过来。醒过来后，立刻跳进河里抓鱼，抓得昏天暗地，直到脚抽了筋被救上来。她一声不吭，好像被瞌睡虫咬住了脚趾，沉沉入眠，睡得婴儿一样香甜。

小木船被江中那个漩涡拧松了侧板，来福和鬈毛专心致志把它敲紧。修完把头一回，发现酱油癞不见了。来福叫了两声，无人应答，四处找了一圈，酱油癞踪迹皆无，不辞而别。

世事如风而动，草叶在起伏中归于平静。月亮挂在树梢，露珠滴在青蛙的额头，青蛙跳进了池塘，弄破了月亮皎洁的外衣。日子不怀好意地流逝着。对来福和髦毛来说，每天最重要的功课是捕鱼，同样重要的是把鱼换成钱，虽然时有收入进账，打牙祭仍是偶然的，肥嘟嘟的猪肉很诱人，来福却不舍得常买。他想完成一个心愿，买一条带发动机的船，驶离岛屿，到未知的对岸去。为早日实现目标他成了守财奴，不轻易乱花一个硬币。这样，卖不出去的小鱼小虾就成了主食，时间一久，吃到生厌。

即便如此，要攒到一笔买发动机船的钱仍是猴年马月的事。来福并不着急，他有年龄的资本，他有一个疑团有待解开，和渔夫共同生活了那么久，却不知渔夫把钱藏在何处，他做过几次探子，结果头绪全无，不得不佩服渔夫隐秘的身手。他有个秘密守得丝毫不比渔夫差，每到吃饭，就和髦毛躲开，潜伏在草丛或巨大的阴影里，用娴熟的对嘴法把食物吞下肚。他们不止一次看见酱油癞在不远处转悠，最终还是无功而返。有几次，酱油癞几乎接近了答案，可来福和髦毛总能有惊无险地守住谜底，扔着空饭碗走出来。

髦毛对来福嘴巴的依赖完全是习惯作祟，没有来福的舌头，她也可以把食物咽下去。但她不想让来福知道这一点，为此还多次放弃了美食。来福偶尔不在，恰好渔夫弄来了野兔或难得的蜂巢，她瞥一眼大快朵颐的渔夫父女，口水吞进肚皮，不想因一时贪嘴而露馅。肥美的兔肉与香甜的蜂蜜固然诱人，同来福的信任比起来，算不了什么。她的这种表现引来质疑，为什么来福不在你就不吃东西？对此鬈毛有一个牵强的借口——我不想背着哥哥吃。

就这样，虽被馋虫弄得浑身发痒，鬈毛仍管住了嘴巴。她的想法是，独立进食这件事本身没什么，如果渔夫父女说漏了嘴，来福就会觉得一直在欺骗他，性质就不一样了。随着年龄增大，鬈毛也觉得那样吃是种累赘，也想终止它，然而她需要一个契机，当初是用绝食争取来的，结束总得有个理由。她期待由来福提出来，最好再跟她闹一次，逼她就范，她再装作很痛苦的样子表示同意。

来福没给她这种机会，他好像习惯了这种吃法，不再觉得麻烦和障碍。世事就是如此，欲求某样东西时，费尽心机，准备舍弃时，也不能随心所欲。

由于渔夫的死和酱油癫的出走，小木船上的气氛变得孤寂与空虚。鬈毛并不适应生活陡然出现的变化，换了个人似的，神情总是郁郁寡欢。渔夫父女的下场对她心理产生了很明显的暗示，额外收获是，吃东西时不用再有顾忌，不必和来福离开船舱，做贼一样把东西填进肚子里。即便这是个好处，与消逝的天伦之乐相比，还是得不偿失。此外，两个小孩守着一只破旧的小木船，来自外部的危险明显加大了，有针对他们的暗算在发生——船舱底部的窟窿、来历不明的火，以及神出鬼没的其他袭击——虽被敏锐的来福及时化解，却使人丧失了安全感。在鬈毛眼中，一切在变得可疑，包括风、阴影、水声，也包括梦境。她睡在甲板上，在哭，是没有眼泪的哭，是干巴巴的抽泣。有个人走过来，距离很远，又特别近，看不清面目，却异常清晰。她嘴唇颤动，哆哆嗦嗦叫了声娘。这是她第一次与母亲相会，虽然母亲只是遮着雾纱的朦胧存在，却分明能听到她的呼吸，能感觉到她的手在摩挲自己的头发。她在幸福中哭着，泪水滑落变成露珠，一颗颗如同心底的委屈。母亲把它们捡起来，捧在掌心，运用某种魔力，使它们晶莹剔透，在黑暗中熠熠生辉。

鬈毛睁开眼，母亲不见了，像从没来过一样。鬈毛肝肠寸断，不能接受母亲消失这个结果。倘若能选择在妈妈怀中死去，她甘愿在睡梦中永不醒来。可她连这种机会都没有，她是一个注定被抛弃的孤儿，不但在现实中被抛弃，在梦中也同样被抛弃。鬈毛翻了个身，扑通一声，将河面砸了个窟窿。落水的动静惊醒了来福，他叫道，谁？鬈毛从元神中探出头来，挣扎着浮出水面，救命啊。来福道，怎么老是掉水里，不是头一回了。跳下河去救她。

鬈毛湿漉漉爬上船，惊魂未定道，我看见了一条好大的鲤鱼，怎么也抓不到它，把我急死了。

来福打了个哈欠，一只瞌睡虫从嘴里飞了出来，扑棱棱在虚无中回旋一圈，又飞回口腔里。他把屁股挪了挪，换了个姿势，重新睡着了。

长久以来，来福和鬈毛相依为命，是和睦而亲密的同胞。自发生了渔夫父女的事，他们的关系出现了微妙变化。这种变化如同发酵物，没有超常灵敏的嗅觉，闻不出其中的变味。意味深长的隔阂在暗中生长，像一粒扎根在肚脐深处的草籽，不知哪一天抽芽而出，疼得人腹痛如绞，满地打滚。

现在，这对形影不离的孩子过着看似波澜不惊的日子，来福捕鱼的样子漂亮极了，脚趾间肯定已长好了趾膜，也许一部分肺已变成了腮，一部分骨头变成了鱼刺，他的腋窝甚至散发出浓郁的腥味，如果皮肤再变成鳞片，就永远不会被淹死了。

鬈毛恰恰相反，完全不谙水性，连基本的狗刨也学不会。只能守在甲板上，收集来福扔上来的鱼虾。

有一天，小木船来到又一个入江口。手搭凉棚眺望，远处是望不尽的江水。河的流向是个弧形，或是马蹄形，与来福本以为直贯岛屿的判断有出入。从投靠渔夫以来，到今天将这条河全部走完，用了将近两年半时间，剔除边走边停的因素，说明了岛屿的幅员超出了他的想象。想当初，徒步环岛，没过多久就重新回到起点。眼下回想，说明路与路之间的横截面是有限的，其半径未抵岛屿边缘，只是岛内某块区域内筑就的一条环形公路而已。

时值秋季，距渔夫溺亡已四个多月。桑葚正浓，这对小要饭花子又长大了不少，来福的变化尤为明显，完成了儿童到少年的过渡，唇上毛茸茸的淡须印证了这一点。除此之外，还可以联想在他身上发生了什么，他自己也意识到了，撒尿时不再把虚线抛得老高，回避着鬈毛，躲到一边去解决。

他掂掂鼓起来的阴囊，挠挠稀疏的屌毛，对动不动就直起腰来的小和尚敬畏三分。他最怕小和尚一不小心就流鼻涕，擦也擦不干净，只好跳到河里去洗。对爱流鼻涕的小和尚，他拿不出管教的办法，只好听之任之。此外，还有一个问题也困扰着他，用嘴喂鬈毛似乎上了瘾，舌尖与湿漉漉的嘴巴绞在一起，小和尚就会直起腰。他心知肚明鬈毛开始厌倦这种吃法，却未打算终止它。只要自己不开口，鬈毛就没辙。因为他捏着一个把柄，今天的局面是鬈毛寻死觅活求来的。哪怕不愿意，也不好反悔。他迷恋上了这种吃法，最好每天多吃两顿，增加与鬈毛的肌肤之亲。负面作用是，他在上面动嘴，小和尚在下面就要流鼻涕，流就流吧，流完了，就踏实了，变得病恹恹的，再也直不起腰来。

桑葚像老式的布纽扣，饱含汁液的果子一串串隐在暗绿的叶片间，这种枝繁叶茂的植物在河边已成为累赘。来福不知桑葚多吃了也会醉人，他吃得毫无节制，牙齿和舌苔被染成靛蓝，还在往嘴里塞这种小野果，往口里放进一颗，用舌头往上腭一抵，新鲜的汁水就挤了出来。

终于，他醉倒在草地上，连蚂蚁钻进鼻孔也浑然不知，一觉千年。

7

秋天大雁列队而过，头雁凄厉的叫声划破了水面。灰白色天际的远处，云团像莽汉怒气冲冲赶来，将呆头呆脑的太阳踢到一边。雨点紧跟着落在树叶上，颤巍巍的，叶片的末梢挂不住它的重量，掉成一滴滴泪珠。更多的雨点在枝杈上汇聚成水流，由上至下，如同湍急的小瀑布，将来不及归巢的蚂蚁、甲虫、蜗牛连同枯枝败叶冲刷到地上。泥土吸吮水分的速度慢了一拍，水洼出现了，还有造型古怪的水塘。河水也不知不觉抬高了半尺。但不必担心，暴雨来得骤去得也疾，给尘世洗把脸之际，也带来一个讯息，天气正在转凉，雨下一场冷一场。对以捕鱼为生的来福来说，一年一度的休整期即将来临，他要学着渔夫那样，把小木船拖上岸，修整一下。找个避风的水湾安置好，船舱里垫两层供御寒的衰草，就可以过冬了。

休整期不是说不再抓鱼，而是改变捕鱼的方式。首先，小木船暂时不再四处漂泊。其次，抓鱼时人不再下水，而是改用垂钓法。原先来福用得最多的是飞叉法，在水浅处还会用竹笼法和堵浜法。堵浜法最有意思，选择一段水浅的死浜，用泥巴垒起一条微型泥坝，将中间的河水用容器撇去，速度要快，泥坝容易溃破，须不断修补。待河床暴露，活蹦乱跳的鱼虾就成了瓮中之鳖，若运气好，还真能捉到鳖。用这种方式捕鱼有个缺点，鱼虾困在泥浆里，吃起来有泥腥味，还会有些鱼被吓破了胆，肉就是苦的。渔夫活着时，不主张用堵浜法。偶尔来一次，只是作为娱乐。对捕获的鱼虾，渔夫全部放回河里，让它们吐故纳新，等下次再抓到它们，就不会有泥腥味了。

雨声稍歇，鬃毛在甲板上赤脚搅动河水，来福和一个陌生男人到栎树林里去了。那男的又黑又瘦，戴一顶藤制安全帽，自称是江河口越江大桥工程的工人。他似乎怀着某种目的而来，说话有点结巴，却不是口吃的缘故，而是语无伦次的结果。他看了眼鬃毛，等一下又看一眼，目光中流露出疑惑与惊奇，他将来福叫到岸上，不知说了什么，来福皱起了眉头，两个人渐行渐远，鬃毛被几棵粗壮的栎树挡住了视线。

鬃毛咬着嘴唇，她和来福有点弄僵了，沉默像石灰，只要浇上一点郁闷之水，就会热气腾腾地把心脏烧灼出洞来。

鬃毛不是多愁善感的小女孩，她性格中的刚烈若是爆发，什么都干得出来。之所以忍气吞声向烦恼投降，是由于对处境感到了迷茫。她对来福的恐惧与依赖是一对矛盾，她还太小，无法执掌命运的舟楫。她居然对来福翻了脸，用力把他从身上掀下去，血从来福被磕破的额角渗出来，她吓了一跳，慢慢退到一旁。她骨骼被硌得生疼，如果不是挣扎出来，或许就要被压碎了。她不知道来福发了什么疯，像野狗吭哧吭哧喘着粗气，咬住她舌尖，把吃了一半的饭碗扔掉，将她压在船舱底部，把她纤细的双腿叉开，小小的阴阜呈现出来。他的注意力迷失在这个陌生的器官上，使她有了可乘之机，她用膝盖撞他肚子。面孔因为紧张与恼怒变得煞白，一条红线从来福的额角窜下，她不由将身体一缩。来福爬了起来，从她折叠的腿上跨过去。这个角度，正好看见他的裆部，那儿濡湿了一摊，类似植物腐败的气味散发出来，气味里似乎藏着千军万马，来福有点慌乱，没再度发起进攻，一个猛子扎进了河里。

鬈毛神情恍惚，瘫坐在甲板上，眼泪扑簌簌掉下来。

对岸走来了几个男人，头顶或手提一只藤制的安全帽，身着靛蓝色工作服，肩上是锄锹之类的农具，这使他们的身份有点模糊。由远而近，笑骂声和弥漫着酒气的打嗝声都很响亮，他们高矮胖瘦有别，清一色蓬头垢面，河水尾随着他们放肆的身影，在一丛高大的野草前，他们停住脚步，一个光身子的小女孩进入了他们视野，女孩尚小，性征模糊，尚不至于引起他们的非分之想。他们之所以驻足，是因为发现了女孩屁股上多余的尾巴，那根肉做的细绳子。

嗨，你们快看，看，那儿，尾巴，小，小姑娘。一个眼尖的结巴道。

目光齐刷刷投向了甲板上的鬈毛，她意识到自己的秘密暴露了，立刻躲进了船舱。

岸上的人并未离开，七嘴八舌议论着，对邂逅了一个传说中的妖孽，感到既紧张又兴奋。鬈毛慌忙把衣服穿好，大气不敢出,侧耳聆听着外面的动静,有人说要来抓她,还真的跳下水朝小木船游来,她紧张得魂都飞了。来福从河里冒出了头,爬上船松掉缆绳,拼命地划桨。正在游过来的有四个人,很快就包抄过来。可都没能上船,在来福提示下,鬈毛手握渔叉,在水面上胡乱点刺。锋利的寒光产生了威慑,小木船摆脱纠缠,消失在芦苇的帷幔里。

不久之后,那些男人中的一个,还是在栎树林附近的汊流中找到了小木船。他是专程找来的,不是为了捕捉一只野兔或黄鼠狼而误入此地,不过,看他和来福说话的神情,这个又黑又瘦的男人并不是来寻衅滋事的——事实上,那些下河捉鬈毛的人也未必有恶意,很大程度上只是吓唬小孩取乐而已——相反,他看上去似乎在寻求怜悯,看鬈毛时的眼神,蕴藏着千言万语。那稍纵即逝的一瞥令鬈毛一激灵,犹如蜡烛芯刚要被燃亮,倏忽间火苗就凋零了。

鬈毛的注意力很快转移,她被水中晃动的身影吸引住了。

她赤脚搅动着河水,幅度不大,足以使轮廓支离破碎。起皱的波纹中,看到了陌生的自己。她下肢停下来,从未被削剪过的、长得不像样的弯曲头发披挂在胸前,她一把抓起,挽成了一个髻。水面上的那个人,异常清晰又好像很远,那不是她自己,又能是谁呢,她哆哆嗦嗦地叫了声,娘。泪流满面地把头埋在了膝盖里。

来福抱着一蓬衰草,重新回到船上,那人没尾随而来。

来福在船舱里忙着铺垫，一声不吭，神色上能看出他满怀心思。

鬈毛恼恨他先前的冒犯，不过她心里明白，可不能记仇。来福是养育她的恩人，是她遮风挡雨的保护伞。她知道来福那么对她是无心的，他不过是像春天里乱撕乱咬的猫狗控制不住自己了，才变得那么吓人。

须知鬈毛蒙昧初开，尚不懂男女情事，能将来福的行为与猫狗发情来对比，也不算肤浅了。

来福看似心无旁骛地铺草，忧虑中保持着沉默，他隐瞒着什么，这谁都看得出来。鬈毛没开口打听，始终在冷眼旁观，不能让来福把心思烂在肚肠里，他愈想守住口风，愈说明心中有鬼。鬈毛像被授予了一个暗示，她作出了判断。

那个人是来找我的？她自言自语，其实是向来福发问。

她成功了，让心事重重的来福痛下决心，道出了真相。来福道，那个人说他是你爹。揭开谜底的同时，他跳到岸上去了。

鬈毛的心快蹦出来了，来福的答案颠覆了她的想象力，她的脚触电般离开水面，大声问道，你说什么？

来福已经跑开了，在鬈毛的呼唤中逃之夭夭了。

8

来福回到小木船时，已是夜与晨的汇合处。他在外面呆了一宵,丧魂落魄地回来了。仿佛害了严重的眼疾,眼睛像柿子一样红肿。他装着什么也没发生,对同样眼睛红肿的鬈毛解释道,整个晚上,他都在掏鸟蛋。他真的从口袋里变出了三枚鸟蛋,这点收成使谎言不攻自破,一个通宵三枚鸟蛋也太少了。显然鸟蛋不是重点,只是随口打个马虎眼。

鬈毛正在咽下食物,来福的出现令她猝不及防,她噎了一下。一紧张,她开始打嗝,喉咙像受伤的麻雀,费劲地跳着。

因为憋得难受,她张开嘴吐到河里。随着河水漂走的残渣看不真切原形,胃里反刍出的气味弥漫在空气里,糅合着酸气的鱼腥让来福皱了皱眉,他嗅出那是贼乌青。常年与鱼打交道,他老远就能区分出鳞皮水族的品种。有一段时间,他的嗅觉丧失了,除了鱼腥以外,什么都闻不出来。鬈毛用蟋蟀草撩拨他鼻孔,一摊鼻涕飞了出来,挂在灌木上,黏黏糊糊,如同一个软耷耷的活塞。他顿时开了窍,周遭草茎的苦味和芳香一起涌入了鼻孔,熏得他脑袋发晕,牙齿酥麻。

鬈毛的紧张是多余的,来福并未在意她的因噎废食。他一言不吭,爬进船舱,没过多久,响起了均匀的呼噜声。

鬈毛知道一时半会儿来福不会醒,就离开小木船,沿着河岸朝江边走去。

她的目的是显而易见的,她越走越快,因为气喘吁吁脸蛋变得红扑扑。之所以奔跑,并非源自寻亲的急迫,而是因为内心的惶恐。来福明明睡得像死狗,她仍然紧张,她甚至连头也不敢回。愈是不敢回,来自后脑勺的危险感就愈强烈。她脚下生风,有点踉跄,更要命的是,她不知不觉中迷了路,等意识过来,已置身于一眼望不到尽头的麦田中了。

金黄的麦子波澜壮阔,谁是它们的主人?按节气和麦子成熟的程度,早该被收割起来,变成一个个臃肿的麦秸垛。可眼下,它们淹没了鬈毛瘦小的身体,用针尖一样的芒刺扎着小女孩的皮肤,也许它们是自生自灭的野麦子,恍如疯狂的蓬蒿来历不明。那么饱满的麦穗,在阳光下沉甸甸垂着头颅,被荒弃掉是多么可惜。

慌不择路的鬈毛穿梭在麦田里,又硬又尖的芒刺在她身上留下无数细痕,火辣辣的,又痛又痒。走了不知多久,眼前豁然开朗,出现了一个村庄的轮廓。

鬈毛感到了困倦,躺下来,背脊刚触及泥地就睡着了。她身上布满一丝丝血痕,麦叶和穗缨粘在颈臂上,并没有影响她入眠,她翻了个身,也许有个梦趁机飞进了脑壳,像色彩斑斓的蝴蝶,把她引入深不可测的虚幻之境。

风鼓起来了,使麦田向同一个方向倾斜,此起彼伏,一个巨大的迷宫,置身其中难以穿越。鬈毛在体能接近虚脱的情况下侥幸摆脱了它,精疲力竭睡了很久。

终于她醒了,来自腹中的饥饿令她产生晕眩——饥饿和疲劳是欢喜冤家——鬈毛坐在田埂上,肚皮里的轰鸣在耳中产生回声,空荡荡的胃囊让小女孩失去了重心,她又躺了下来,试图通过天色,判断离开小木船已有多久,天空不干不净的,很难判断是什么时辰。来福一定醒了,说不定正在四处找她。鬈毛的心悬了起来,她有一种不好的预感,这种预感越来越强烈,使她暂时忘记了饥饿。她一头扎进麦田,准备循原路返回河边,麦田里并没有路,它像虚幻的海市蜃楼,在大地上移动,鬈毛的运气没上一次好,看似笔直向前,其实走的根本不是直线,长距离徒步要保持一根直线是不可能的。鬈毛还没突出麦子的重围就被饥饿击倒了。此刻,四周完全昏暗,夜晚正大步流星赶来。也许再过一秒钟,这个黑色的暴君就会成为世界的主人,把旷野、河流、丘陵吞进嘴巴,直到光明之神出现,才不甘心地将风景吐出来。

迷失在麦田里的鬈毛一个趔趄摔倒了,随着她瘦小的躯体一同倒下的还有一小片麦子,它们被压伏在小女孩身下,弯曲的地方没完全折断,但也直不起来了。

鬈毛目光有点涣散,她从未离开来福独自走出过这么远。想到自己可能会死掉,小女孩害怕极了。风声在麦田中如同哭诉,偶尔飞过的蝗虫和蝙蝠使周遭陷入恐怖。求生的本能促使鬈毛嚼起麦子,带着苦味的麦粒又硬又涩,需要嚼很长时间才能下咽。小女孩的咬肌很快就酸痛起来,喉咙也因为干燥而发毛。她咀嚼的速度愈来愈慢,胃里有了一些填充物,避免成为野地里的饿殍。

小女孩爬了起来,抓着一把麦子,继续行走,她发现皮肤在不知不觉中濡湿了,她将两唇微微张开,让麦叶上弹跳的露水留在舌尖上，每过几分钟，就咽下一口。

鬈毛高一脚低一脚地走着，称得上归心似箭。在茫然的跋涉中，一点点被注入了信心。与其说她跟麦田作着较量，不如说跟绝望作着较量。她终于突出了麦子的重围，来到河边，这用去了她几乎全部的耐心。她喜极而泣，沿着河去找那条小木船，忘记了瘙痒和劳顿，只想尽快看见那只小木船，出走的初衷被抛到了九霄云外。

第二章

9

造桥队伍在江边驻扎已有八九年之久,传说中的越江大桥仍只存在于人们的憧憬里。这个状况的发生与造桥工人无关,说白了,工人们只是廉价苦力,他们对工程进度没任何发言权。当然大桥建设不是说一点推进也没有,柱形的水泥桥墩笔直地插在沙砾般粗粝的泥地上,远远望去,像一根根没有旗幡的旗杆。

由于工程浩大,造桥指挥部招募了三千多名工人。他们住在临时工棚里。一开始,这里只是单身汉集中营。随着工期的无限延长,分布在岛上各处的家属和小孩就迁来了。光棍也开始找媳妇,然后繁衍生息。集体宿舍性质的工棚慢慢转化为一户户人家,新工棚在周边越造越多,大桥还在图纸上,一个人丁繁众的自然村落却形成了。

资金是困扰造桥进度的首要因素,钱总是有上顿没下顿,工程就这样不死不活地拖着。这个局面的恶果就是不能辞工,今天没活不代表明天不上马,工种各有分配,届时又不能缺人,所以劳动力问题十分突出。养起来成本很高,不养又不行。工人们正值青壮年,精力充沛,闲下来除了喝酒打牌,就是打架斗殴。林子大了什么鸟都有,混在中间的无赖小偷和花痴，趁机蠢蠢欲动，把工地搞得鸡犬不宁。

工地上的劳动力大部分是农民，四肢发达饭量惊人。当初指挥部征用时说好包住管饭，没料到工程拖那么久，有人算了一下，按这样的进度，等大桥造好，另一座桥的预算也要从屁眼儿里屙掉了。

不堪重负的造桥指挥部痛下决心，使狠招拟了个告示，成立农业生产领导小组，组织大家去开荒种地。为提高积极性，还采取了工分制。对这项决定，懒鬼们破口大骂，就混在里面出工不出力，要不干脆找一处阴凉打盹。

懒鬼毕竟是个别，架不住本分的人多，又都是种田的行家里手，工地周围的荒芜之地很快泛出了一大片青绿色。几度春秋，被开垦出来的土地早已超出规划中引桥的范围。这一带原是人烟稀少的滩涂，农田的向外扩张没有节制，地盘越圈越大，农作物品种越来越多。有些人为了看守庄稼的收成，搬离了原来的麋集地，就近搭起了住所。还有些人则不满足于种地，豢养起猪羊鸡鸭。如此一来，不但解决了口粮问题，事实上形成了一个初具规模的农场。

一切看上去似乎不错，但事物很快露出其两面性。造桥工人开始流失，一些人守着一亩三分地，美滋滋过起了小日子。工地需要人手时，居然赖着不出工。与此同时，大规模围垦引起了辖区行政机关的警惕，他们给造桥指挥部施加了压力，指责领土扩张太过离谱，在事先没备案的情况下东划一块西挖一块，令滩涂生态遭到严重破坏。为尽快收复失地，要求造桥指挥部立刻无条件停止侵权，同时又指出，愿以土地租赁的形式与造桥指挥部合作。

造桥指挥部拿出一个折中方案，禁止工人继续垦荒，由指挥部与辖区行政机关签署协定，圈出一个范围，打上界桩，租赁一块马蹄形的土地。在此之外的农田一律废弃，搬出去的人也勒令限时迁回。

这条通告在执行中产生了阻碍，把荒地变成良田不是一朝一夕，一下子不给种了，有人急红了眼。造桥指挥部的安抚工作进展得很慢，一个个找人谈，承诺一定的经济补偿，花了几个月才把风波平息下去。

在开荒过程中，常有死人头盖骨和鱼骨架被挖出来。这两样东西怎么会同时在泥土中出现。有人给了个说法，由于距离大江很近，这一片曾被大水冲垮过，被溺死的人和鱼一同随着潮水漂到了滩涂的纵深。这个猜测有个欠缺，人的肢体骨骼哪去了，只剩下了头盖骨？有人给了新的推理，说是鱼吃掉了死人，头骨盖太硬不好吃，就吐掉了。

说这番话的是个又黑又瘦的男人，他蹲在田埂上，裤腿卷至膝盖。眼睛小而迷糊，胡子拉碴，表情像刚放完一个屁一样如释重负。他磕磕鞋底板上的泥巴，起身走几步，背有点儿驼。

他叫蔫耗子，在退耕还地的事件中，他是受损失最大的拓荒者。他只种麦子，播下麦种的范围绕个圈就得花上大半天。可以想象，等到麦子成熟时那是何等壮观的金黄之海。

但一夜之间，那些郁郁葱葱的秧苗不再与他有关，成了自生自灭的野草，抽芽吐穗，衰败腐烂，化作春泥。

10

蔫耗子是天生种田狂，没人知道他犁出那么多地，种上那么多麦子是为了什么。他整天在田间忙活，除了留下基本口粮，每次收割下来的麦子都不上交，而是保存下来作为种子。种子越积越多，锄头攻占的疆土也越来越辽阔。这个不起眼的农民对农事的熟稔非常人可比，更重要的是，和那些满足于几畦菜地的人相比，他种田似乎不只是为了收成，而是为了在其中获得快乐。经他播种的麦田，似乎不存在大小年之分，还出现过大面积麦秀两岐的现象。从最初分配到的一小袋麦粒，到一眼望不到尽头的麦田。蔫耗子的志得意满写在脸上，他用抑制不住的豪情夸下海口，如果给我十年，我就可以把麦子种满整个岛屿。

蔫耗子对形势的估计判断失误，麦田不是他想象的那样可以无限制扩张下去，造桥指挥部的一纸通告把他的梦想给击碎了。他不但实现不了鸿图大志，就连眼下的成果也保不住。可以想象，要蔫耗子放弃麦田对他来说意味着什么，一股热血瞬间冲上头颅，他提着一把割麦用的大镰出发了。

造桥指挥部里静悄悄的，办事人员听到报信后都躲开了。谁让蔫耗子放弃麦田谁就是他的仇人，蔫耗子要用割麦的大镰收割仇人的头。

满怀热血而来,却发现无头可割。蔫耗子将大镰的刀刃扎在木桌上,生着闷气。他坐了一宵,杀人的冲劲慢慢消退了,在长条木椅上睡了下来。

等他睡死了,办事人员蹑手蹑脚进了屋,把大镰藏好,等着他醒过来。

和蔫耗子的谈判比较费劲,因为他不要经济补偿,只要他的麦子。他一把鼻涕一把眼泪念叨他的麦子,比死了亲娘还痛不欲生。造桥指挥部第一次碰到这样的种田狂,觉得有点挠头。最后他们妥协道,既然你这么喜欢种地,就不要参加造桥了,当个专职种麦人吧。

他们这样一说,蔫耗子停止了哭泣,你们给我多少地?

造桥指挥部的人反问,多少地才能让你种过瘾?

蔫耗子口吐莲花,由着我性子种,能把整个岛都种上麦子。

造桥指挥部的人道,我们可没那么多地,也不能光种麦子。蔫耗子道,我只种麦子。

造桥指挥部的人道,那我们把种麦子的事交给你一个人。

他们之所以这么说,无非是纠缠久了,无心恋战,想让蔫耗子知难而退。

蔫耗子却像捡到了宝,行,麦子由我来种。

造桥指挥部的人道,知道你会种麦子,可这事不是闹着玩的，你敢答应，我们还不敢放手呢。

蔫耗子脸一牢，又要拿出拼命三郎的架势。有人打圆场，你说种出那么多麦子，总得有证据让我们相信吧，光凭嘴说怎么行。

蔫耗子道，说了半天，还是怕我没这个能耐，行，跟我走一趟吧。

造桥指挥部就派了两个年轻监理跟蔫耗子走一趟，两个小伙子是岛外来的大学生，没接触过农活，个子细细长长的，皮肤也很白净。一个姓白，带了副眼镜，说话细声细气的，有点女相。另一个姓刘，面部线条比较硬，爆了不少青春痘，眉宇间有股不羁，说话瓮声瓮气的，典型的楞头青。

两个年轻人离开指挥部尚是晌午，回来已是日落西山。奔波了一天，鞋上沾满了泥巴。他们敲捏着脚踝与小腿，下肢很是酸胀。蔫耗子虽也疲累，毕竟是干惯农活的人，精力仍显充沛，得意道，问问他们，我有没有吹牛。

管事的去看两个年轻监理，正想问个究竟，却见门外探进一张小女孩的脸，她走到蔫耗子背后，把他拽到外面去了。

这是谁家孩子，脸上那么大一块胎记？有人嘟囔了一句。

蔫耗子半道捡来的一个野孩子，要用麦芽糖骗她做干女儿呢。白监理说。

管事的言归正传道，你们跟蔫耗子走了一趟，看见他的麦田了么？

楞头青刘监理道，走了老半天才把麦田绕了个圈，现在还是麦苗，一眼瞅去望不到头。如果真是他一个人种的，的确没吹牛。

白监理道，蔫耗子说了，今年比前两年要种得多，他承认种满整个岛是说大话。他的意思是，可以攒到种满整个岛的麦种，他看麦田的时候眼睛发光，口水流出来了也不知道。

楞头青刘监理道，那片麦田长势很好，可惜不在租赁范围内，现在只是麦苗，收成得几个月以后。

白监理道，蔫耗子种那么大一块麦田也真是不容易，怪不得会找我们拼命。不过他也承认，种麦子要比收麦子轻松，等麦子熟了，如果没有帮手，一个人怕是来不及收上来，收不上来就烂在了地里。

管事的听了，点点头。刚好蔫耗子回来了，进屋劈头道，我没吹牛吧？

管事的道，你是种麦的一把好手，但把麦子交给你一个人种，担子太重了，这样吧，以你为主，成立一个种麦队。

蔫耗子靠着墙壁，叹了口气，到底还是不相信我，不过你们也是好心，就按你们说的办吧。可有一条，我手头一粒麦种都没了，趁着节气没过，给我些麦种我好补种，要不然，这一季就没收成了。

刘监理道，那片麦田就这样丢了？太可惜了，辖区就不能通融通融。

白监理附议道，他们也真不讲人情，说不让种就不让种，总得有个善后吧。

管事的道，要说理亏先在我们一方，我们是来造桥的，不是来种地的，事先又没和人家打招呼，没索赔就算很给面子了。

蔫耗子道，你们当官的没播过一粒种，当然不心疼。

管事的岔开了话题，听说你捡了个女儿，人呢？

蔫耗子道，屁股后面呢。

正说着，那个小女孩在门口出现了，手里拿着一条麦芽糖做的蛇，蛇体是半透明的黄色，被粘在一支竹签上，随着小女孩的手势转动。

小女孩的舌尖从嘴巴探出来，舔着糖蛇道，我是鱼仙，天色晚了，我要回去了。

说着把身体转过去，自言自语道，麦芽糖怎么甜里带着苦味？比蜂蜜差远了。

蔫耗子走到门外，她已经不见了，化作一阵烟似的不见了。

11

蔫耗子的四个搭档中、赵和尚、王老屁和刘大牙都是二十多岁，皮肤晒得黑亮的精壮汉子。只有一个人跟蔫耗子一般大，半拉老头，个头也跟他差不多高。不过和老是愁眉苦脸的蔫耗子不同，这人一天到晚傻呵呵端着笑脸，他就是做糖人的阿旦。

阿旦笑起来一脸鱼尾纹，是个老顽童，他和蔫耗子很早就认识了，甚至比认识自己还要早。这句话背后的意思是，当他们对彼此的外貌十分熟悉时，还不知道自己长什么样子。道理很简单，之前没用镜子照过脸。

后来还是涟漪的河面让他们认识了自己，那只能映出晃动的轮廓，他们的爹不许他们去河边，常有浸得发白的小孩像快要撑破的猪崽漂来漂去，穿行在翠绿色的水葵里。

河水流经的山坡就是阿旦和蔫耗子家的所在，他们的父亲是亲兄弟。阿旦是哥哥家的，他爹是做糖人的好手，还会用麦秸扎出猫狗兔羊，他把这两门手艺传给了阿旦。蔫耗子的爹和他哥不一样，虽是一母所生，他兴趣不在那些雕虫小技上，他只爱种麦子，他在两座山之间平坦的山坡上种满了麦子，一直延伸到山外。

农闲时分，阿旦随父亲到集市上摆糖人摊，顺带用麦秸扎猫狗兔羊。蔫耗子的爹也没偷懒，他没哥哥的巧手，只能去当一个货郎。他四处吆喝，儿子跟在后面摇着铜铃。爷俩黄昏找一处阴凉，用芦苇叶子卷成口哨，吹上一阵。

这两户人家的主妇，也就是两个男孩各自的娘，一个难产死了，一个跟人私奔了。所以看上去平静的生活，实际上透着压抑和凄凉。

阿旦的爹是只馋嘴的猫，偷了一个酱园老板的女人，被摁在酱缸里给呛死了。

这样，蔫耗子的爹就有了两个儿子。蔫耗子和阿旦本来是最淘气的年龄，当初单独对付一个爹，还有分寸，一旦联起手来，就再也没人管得住了。两个男孩整天往山外跑，后来都看上了陈老贵家的闺女。那丫头叫九妹，她不喜欢有点滑头的阿旦，和老实本分的蔫耗子好上了。对于这次情场的挫折，阿旦并未在意，他用恶作剧的口吻嘲笑了自家兄弟，你闻到九妹身上的狐臭没？难闻死了。蔫耗子追过来揍他，他笑着跑开了，用这种方式，他宣布退出了角逐，以为扳回了一点自尊。

兄弟俩常去野地里捉黄鼠狼与土拨鼠，这是他们打牙祭的方式。这两种活物并不好逮，一眨眼，它们就窜进地穴里去了。道高一尺魔高一丈，兄弟俩用水淹法和火攻法就能让猎物束手就擒。前一种用水直接灌入洞口，后一种则在洞外烧堆柴火，让烟慢慢渗入。两个方法有共同之处，就是预先把其他洞口堵死，就可以守株待兔了。

逮着了活物兄弟俩就回家了。他们的爹对这些小兽深恶痛绝，因为它们繁殖速度很快，对麦田造成了破坏。在处置它们时，他的做法比较奇怪，雌的开膛剖肚，烤了吃掉，雄的悉数放生。不过在此之前，有一道必不可少的工序，它们都被阉掉了。

阿旦问，这是干啥呢？

蔫耗子也大感不解,把鸡巴弄掉了,它还能活么?

他们的爹道,说不好,反正断子绝孙是肯定了。

阿旦道,为什么不烤了吃掉?

他们的爹道,那可不行。

两个男孩想打破砂锅问到底,终也没得到答案,他们的爹走到一边抽烟袋去了。

有件事让蔫耗子记忆深刻,他和阿旦后来捉到一只被阉过的黄鼠狼,他们想看看它的下场。出乎意料的是,他们的爹当场就把黄鼠狼宰了,和着萝卜煮了一大锅,爷仨吃饭的时候,蔫耗子问他爹,这回你怎么把雄的也吃了?

他们的爹道,它是雄的么,想想。

阿旦道,我觉得比雌的好吃,挺带嚼劲。

他们的爹道,我倒没觉着,可能是放了萝卜的关系吧。

那段岁月,逮小动物是兄弟俩最爱干的事,他们特别想捕获到曾被阉过的活物,可此事未再发生。九妹常从山外赶过来,和他们一起玩,阿旦好像很讨厌她的狐臭,总是皱着鼻子离得远远的。蔫耗子不认为九妹身上有异味,他一度怀疑嗅觉失灵。他把九妹带到家里,让他爹做个判断,他爹认真嗅了嗅,很结实地说九妹身上很好闻,哪有什么狐臭。蔫耗子确定阿旦是出于嫉妒才故意诋毁,他没再去和阿旦争辩。

一个仲秋的下午,蔫耗子和阿旦在麦田边缘发现了野兔巢,兄弟俩很兴奋,野兔的美味要超过黄鼠狼,而且逮它时还不用闻臭屁。和平常一样,他们找来干枯的蔓茎和树枝点燃,慢慢升腾的烟雾有点呛人,他们避到下风口,准备把熏出来的野兔逮个正着。没过多久,一条巨蟒像离弦之箭射了出来。兄弟俩吓得不轻,往坡上狂奔。蛇不是好惹的,不像兔子那么温顺,也不像土拨鼠那么胆小。小蛇毒死人,大蛇缠死人。两个小男孩在逃命这一点上,保持了惊人的一致,大步流星,时有踉跄,很快从坡上消失了。

兄弟俩惊魂未定,去了陈老贵家。九妹在门外洗菱角,看见他们,放下手里的活,直起身来。

蔫耗子把遇到巨蟒的事说了,阿旦在旁边添油加醋,把巨蟒描绘得火车那么大,其实三个小孩都没见过火车,只知道那种会发出巨响的铁皮怪物是世上最可怕的东西。九妹被吓住了,脸白一阵红一阵,好像蛇口张开正在把她吞掉似的。

兄弟俩帮九妹洗起了菱角,过了没多久,有人叫嚷起来,山里着火啦。

他们撅起屁股往远处瞧,果然,山谷那一片被映红了。兄弟俩撒腿往家的方向跑,九妹扔下洗到一半的菱角,跟在后边跑,耐力和速度要差一些,不一会儿被甩开了距离。

兄弟俩明白大火的由头,平常他们狩猎得手,都会熄了火再走,今天巨蟒将他们弄慌了神,忘了这个步骤。

山谷里的秋风如同老太婆的蒲扇,细致而无力地扇着。火随风走,风的速度虽不快,火本身的蔓延则像小脚老太碎步赶路，一刻也不停。兄弟俩眼睁睁望着燃烧的麦田，已经不可能往前走了。

几个在山谷里捡柴火的人告诉兄弟俩，他们的爹被烧死了，他本来有机会逃生的，他挥着衣服瞎拍瞎打，那么大面积的燃烧，和飞蛾扑火没什么区别。一开始还有人拉他，他却发了疯，力气大得惊人，把人甩开了。后来火势逼近，没人愿意陪着去死，只好由着他去了。

就这样，蔫耗子和阿旦成了彻底的孤儿。兄弟俩一个十三岁，一个十二岁。前者是小鸡，后者是大狗，真正相差不过数月，属相犯冲，秉性也相差很远，然而他们比过去更亲密了。他们别无选择，相依为命才能活下去。

大火不但烧死了他们的爹，房子也化为了乌有。山谷里仅剩下焦黄的灰烬，直到第二年开春，夹缝中才泛出青色。

在乡亲们帮助下，兄弟俩在山外盖了栋小屋，土砖自己学着烧的，大伙帮着垒成墙垛，房顶铺上晾干的芦苇，算有了栖身之处。

陈老贵是个竹匠，老婆给他生了一大窝丫头，就是没男丁。陈老贵有心把蔫耗子兄弟过继过来，他早知道九姝和蔫耗子有点青梅竹马的意思，一直把蔫耗子当半子看。可他心里更喜欢阿旦，阿旦手巧嘴巴甜，他想把阿旦认作儿子，跟自己姓。不过这样一来，阿旦就不能娶自家闺女了，因为他要的是儿子，不是女婿。

两件事陈老贵都完成了夙愿。十九岁那年，蔫耗子和九妹成了亲。这之前，阿旦也认陈老贵作了爹，成了陈老贵关门徒弟。阿旦跟亲爹学过扎麦秸秆，学竹艺上手很快。陈老贵也不保留，把全部手艺传授给他。

又过了四五个年头，蔫耗子和九妹离开村子，开始了背井离乡的漂泊生涯。作出这个决定的唯一原因是夫妻俩一直没生育，引来乡亲的口舌，在无法忍受的闲言碎语之中，他们选择了逃避，成了货郎。流浪生涯不知不觉十多年，他们膝下仍然无子，只有一条被收留的狗伴随着他们。

蔫耗子以为此生再不会有孩子了，九妹也是这么认为的，随着时光流逝，他们不再去想生儿育女的事。这对婚姻来说，后果是严重的，蔫耗子和九妹关系越来越冷漠，之所以没有分开，是因为可以分享艰难。

又到了春天，有一天九妹告诉蔫耗子，她在集市上看见一个很像阿旦的人，但她不敢认，因为那人异常肮脏，灰头土脸。阿旦成了陈家儿子，又有一手好手艺，怎么会沦落到跟乞丐一样呢。

蔫耗子道，兴许你看错了吧。

九妹道，反正我没敢叫，看着他走开了。

蔫耗子没把九妹的话放在心上，人哪有不看走眼的时候呢？过了两天，他自己在半道遇到了阿旦，果然是丧魂落魄俨如乞丐。

兄弟俩久别重逢，找个小酒馆坐下来，蔫耗子问阿旦，你怎么变成叫花子了？

阿旦虽潦倒，性情一丝未变，还是乐呵呵的活宝模样。他喝下了两碗米酒，用猪头肉把自己喂饱，才把吊足的包袱抖出来。他压低声调道，我是被陈老贵打出来的，刚出村子就听说陈老贵吐血死了，告诉你，除了嫁出去的几个，我把他的三个闺女，老五、老七，还有老八都给睡啦。如果不是败露得早，早晚我把剩下的老幺也盦了。

蔫耗子盯着阿旦看，不知道他兄弟还有这一手，仰头喝了口酒，那你落到今天这地步是活该。

阿旦笑道，是活该，来，干了这口。

蔫耗子道，成天游手好闲也不行吧，得找点事干。

阿旦道，其实陈家人对我真的不错，可我就是管不住鸡巴。再说了，那几个姊妹是真喜欢我，我可没强迫她们，为了不露出破绽，我可没少花心思，骗了这个瞒那个，瞒了这个骗那个，最后纸包不住火，让她们识破了，识破了也好，免得成天提心吊胆。

蔫耗子道，回头你可别跟九姝提这事。

阿旦道，我傻呀？对了，你和九姝过得怎么样，生了几个娃了？

蔫耗子叹了口气，别提了，播了那么多年种，连棵草也没长出来。

阿旦道，我怀疑他们家姑娘都不会生崽，你想我搞了他们家三个，一个都没怀上，白忙活了我这些年。

蔫耗子道，你过去说九姝身上有味，我还不相信，现在我才知道,她不但有狐臭,还有口臭脚臭,而且越来越臭。

阿旦看着蔫耗子,笑了。

蔫耗子道,你后来没娶媳妇?

阿旦说,陈家几个快把我给掏空了,再娶媳妇,还不把命搭上。对了岛上要造大桥了,要造成了,岛就和外面连起来了。听说那儿正在招工,管吃管住还有工钱,我正准备去呢。

蔫耗子没吱声,像在想事。

阿旦道,要不一起去吧,也有个照应。

蔫耗子回过神来,你在陈家干的事,我估计九姝已经知道了。

阿旦道,不会吧。

蔫耗子道,今天上午我刚要出门,九姝从集上回来,进门就没头没脑骂了一句,我当时没在意,现在想起来骂的是你。

阿旦道,她怎么骂来着?

蔫耗子道,她骂该死的骚蛋,为啥不骂骚鸡骚鹅,偏骂骚蛋呢,不就是因为你叫阿旦嘛,要知道这种事传起来可快了。

阿旦道,你这样说,也有道理,那我就不去见九姝了,免得跟我拼命。

蔫耗子道,有我在,倒也不至于。

阿旦道,算了,我还是知趣些,直接去造桥工地吧。

蔫耗子道，先上我那儿住一晚，我跟九姝说说，看是不是一起去。

阿旦还在犹豫，蔫耗子已站起身，连劝带拽把他拖到了住处。

这是一栋老木屋，如果是一个人，已到了风烛残年。室内很暗，借助户外斜射的一缕灰光，兄弟俩看见九姝在墙角像泥塑般坐着。刚跨进门槛，就听她发出一声冷笑。阿旦有点紧张，迟疑着要进去，九姝已站起来，经过灶头时，停顿了一下。蔫耗子从她的姿势中判断出了意图，他的反应慢了一拍，明晃晃的菜刀已飞过来了。只听见身边哎哟一声，把头一偏，看见阿旦痛苦地捂住了肩膀。

阿旦的肩胛处被掀下一块不大不小的肉，血顺着膀子滴在地上。一朵大瓣梅花，天真烂漫地从手的枝头绽放。

蔫耗子被这一幕吓住了，他没想到九姝性格中有如此火爆的一面，他有点手足无措，不知在这个局面中该充当什么角色。

他和九姝饲养的那只狗趴在阴影里，眼中饱含着恐惧和迷惘。等到蔫耗子追出去，阿旦早没人影了，在集市找了好几天，还是踪迹皆无，只好放弃搜索，心想阿旦一定是去造桥了。

他没猜错，他的兄弟——做糖人的阿旦确实去造桥工地了。当他们再次相遇时，光阴又消耗了一个节气。又过了两年，他们成了种麦子的农民，无边无际的麦子，可以用来做麦芽糖，也可以重现当年山谷里的遍地金黄。

12

从离开九姝到造桥工地来做工，时间已过去了七年。蔫耗子对自己的选择没有后悔，虽然他至今形单影只，生活中再没别的女人，然而他并不觉得比原来的日子更糟。至少，耳根可以清静一些。因为阿旦的事，九姝变成了一个喋喋不休的怨妇，把对阿旦的仇恨发泄到蔫耗子身上，似乎气死她爹的是蔫耗子，她整天围着蔫耗子骂个不停，说出的话刻薄腌臜，像满口喷粪。蔫耗子看着九姝扭曲的脸，觉得她离发疯不远了。也许，她已经疯了。

蔫耗子摆摊的那个集市，有个十七八岁的年轻人，两颗大兔牙突出上唇，嘴巴关不拢，这副口型还喜欢吹唢呐，他吹唢呐不是为了表演，是为青蛙摊做吆喝，他吹不出一个整调，只能憋出一个长音，呱呜……，类似青蛙的尖叫，告诉大家这里在卖蛙肉。

集市上摆青蛙摊的不少，生意都不如这个吹唢呐的年轻人，人们叫他刘大牙。

刘大牙吹唢呐时双腮憋得通红，每次都在最后阶段把音吹破。这是两颗兔牙漏风的缘故，大兔牙把他五官布局破坏了，丑得有点怪异。不过，刺耳的唢呐声还真把顾客招来了。刘大牙宰青蛙跟别人不一样，不用刀，用大拇指又厚又硬的指甲在颈部一顶，就把皮完整撕下来了。因此杀蛙速度比别人快很多，也更心狠手辣。银货两讫，沾满血污的手将唢呐放在唇间，召唤下一个顾客的到来。

蔫耗子没跟刘大牙说过话，在集市上安分地做一个货郎。知道这个喜欢吹唢呐的年轻人，却从不去买他的蛙肉。要吃蛙的话他可以到野地里去捉，买蛙的都是住在镇上的居民。倒是刘大牙来他这儿买过篦子，冲蔫耗子笑了一下，你常去那小酒馆吧，我见你脸熟。

因为漏风的缘故，他口齿不清。他开始梳头，往后慢慢梳，表情既痛苦又陶醉，把篦出来的虱子放进嘴，咔嚓一声，仿佛嚼一粒血芝麻。

那小酒馆在集市的一个犄角里，其实就是一个卖米酒的棚子，有五六张桌子，下酒菜也不多，花生、腌瓜、咸菜和猪下水，最好的是五花肉和烤鸡，顾客以小商小贩为主。掌柜是个独腿老头，残疾原因据说是年轻时与情敌决斗所致。

蔫耗子偶尔去喝碗米酒，点一碟花生，半份猪下水，他和独腿老头比较聊得来天，对身边的人不太留意。蔫耗子坐不很久，喝完米酒就挑扁担走了。

刘大牙到他这儿买过篦子之后，再在小酒馆遇见他，就会过来拍拍他肩膀，一来一去，就算认识了。

刘大牙是个不折不扣的酒鬼，每次都要把卖蛙肉得来的钱喝光，如果当天收入不多，那还好些，就不会喝醉了，若是另一种情况，必定烂醉如泥。

蔫耗子劝刘大牙，这样喝迟早会暴尸街头。很快他发现自己是白费唾沫。后来就不再规劝，背后叮嘱独腿老头，如果刘大牙的钱不够灌醉自己，别赊账给他。

因为阿旦的事，蔫耗子被九妹弄得焦头烂额。他借酒浇愁，这天多喝了两碗米酒，后劲就上来了。眼屎蒙住了他的眼睛，酒后吐真言，向独腿老头倾诉烦恼。刘大牙也在场，凑过来听了一会儿，咂吧着嘴开始奚落蔫耗子，啊哈，原来你怕老婆。

蔫耗子没答理刘大牙，继续往下说，我兄弟走后，九妹整个变了，活也全撂下了，整天披头散发，也不出门，只要我一回去，她就破口大骂。

独腿老头没言语，端起酒碗碰了下蔫耗子的酒碗。这种时候，任何言语都没用，酒最善解人意。

刘大牙舌头里滚动着一只轱辘，可怜的受气包，唉。

独腿老头冲刘大牙瞪眼，喝你的酒，有闲工夫吹唢呐去。

刘大牙真把唢呐贴在嘴上，"呱呜"，"呱呜"，"呱呜"吹了三下。

唢呐声就是他卖青蛙的招牌，有个戴眼镜的中年人被吸引过来，问了声，有蛙肉卖？

刘大牙将唢呐往桌上一搁，今天卖完了，下回赶早。

戴眼镜的中年人嘟囔道，没蛙肉还吹什么吹，多难听。

刘大牙忽然想起了什么，把头转向蔫耗子，干脆你也不要老婆了，我们一起去江边造桥吧，听说管吃管喝还有钱拿。

蔫耗子道，你这口气和我兄弟一模一样。

刘大牙道，去不去？

蔫耗子把腰杆挺直，恍恍惚惚站起身，他妈的受够了，谁不去谁是孙子。

说完扑倒在路边。

等他睁开眼，四周是迷离斑驳的黑影，眼屎把他的眼眶塞满了，借着依稀的视觉，他发现自己躺在老木屋的床板上。他恢复了知觉，头痛得厉害，米酒的后劲还没完全过去。

他揉揉眼睛，把眼屎擦在手背上，九姝在跟前蹲着，抽泣道，你要走了，我不拦你，反正我们也过不下去了。

她说话颤颤巍巍，像个委屈的女鬼，有点骇人，也有点可怜。

蔫耗子喉咙被堵住似的，发不出声音。

九姝道，那个该死的骚蛋，杀千刀的，是他把我们拆散的。

蔫耗子有点明白过来了，有人把他要去造桥的话告诉了九姝，不用多想也能猜到是谁说的。

他终于挣开了嗓子，嘶哑道，我没说要走，我能去哪儿。

九姝道，别瞒我，那个刘大牙全告诉我了。

蔫耗子道，我哪儿也不去，我跟他们说着玩的。

九妹道，你去哪儿我不管，反正我们过不下去了，你兄弟把我一家害得那么惨，我怎么再和你过下去呢。

蔫耗子道，我犯啥错了？我啥都没干。

九妹道，我现在跟你好好说话，是因为你要去造桥了，要不然我不会这么慢声细气的，我杀不了那个杀千刀的，只有盯着你骂，总得找个人撒气。

蔫耗子把头一折，泪珠滚下来，咸湿的液体吸进了鼻孔，随你骂，我不走。

九妹站起来朝外走，他们共同饲养的那只狗跟在后面，耷拉着尾巴，也是心事重重。

九妹在门外哭，哭着哭着开始咳嗽，似乎咽喉在烦恼的磨损中撕裂了，蔫耗子道，九妹，怎么啦？

九妹没应答，捂着胸口咳嗽。

蔫耗子听见一记沉闷的嘎吱声，是老木屋的衰败引起的微小爆炸。老木屋位于小镇偏僻一隅，原先是废弃的马厩。在当地人眼中，它或许一文不值，对无家可归者而言，却是生活的馈赠。

那条狗在蔫耗子夫妇住进来之前，已在老木屋里了。所以与其说是他们收留了狗，毋宁说，是狗收留了他们。狗原来的主人是个做寿衣的老裁缝。蔫耗子夫妇站在老木屋面前时，老裁缝刚死去不久，尸体横陈在尚未完工的寿衣面料前，前来取货的客户目睹了这一幕，惊慌的呼喊把很多人吸引到了现场。

老裁缝骨瘦如柴,死于岁月本身。他膝下无后,十多年前来到此地,直至终老。他的死使老木屋成了小商小贩和流浪汉们觊觎的目标,其中就有蔫耗子两口子。

有人试图走进老木屋,立刻遭到那只狗的阻击,它露出锋利的獠牙,背紧凑地弓起来,两只前爪抓住地面,看上去如同一只凶恶的狼。

无人知晓狗在捍卫什么,是死去的主人,还是自身安全。对陌生人的敌意使它斗志昂扬,它没有真正发动攻势,养精蓄锐,与屋外的人对峙,目中凶光毫不松懈。

狗的耐心淘汰了第一批觊觎者,有人退场了,也有人准备用扁担或石块发起一次进攻。面对逼近的敌人,狗并无畏惧,它向前蹽了几步,几个互相壮胆的人退了几步。战争很快结束,狗的后腿和额头被击伤,它勇猛撕咬,入侵者被追得屁滚尿流,虽然挂了彩,高昂的头颅宣誓了胜利,口中叼着的一只布鞋是它的战利品。

现在,老木屋外只剩下蔫耗子夫妇,狗骁勇的斗志让他们明白,鲁莽的攻击只会引火烧身。

蔫耗子扯一把九妹,示意离开。明摆着,按目前的情形,他们无法降服这条狗。九妹并未选择撤退,她的理由是,得帮它止住血,这样流下去,它会死掉的。

蔫耗子看了眼九妹,它要吃人的样子,你又近不了身。

九妹道,再等等,它快撑不住了,不像刚才那么利落了。

蔫耗子道,你最好别招惹它,我去撒泡尿,你离它远点。

九妹试探性走了两三步,停下来,人往下蹲。这个动作使狗后退了一步,一定是误会女人要捡石头扔它,九妹保持与狗平视,用目光告诉它自己并无恶意。

蔫耗子用一泡热尿浇湿树下的薛蕨,抖了抖阳具,把滴沥的尿液抖掉,手伸进裤裆掏了掏,把鸟巢藏好,走过来了。

解手的工夫,不知九妹施展了什么法术,蹲在狗身旁,用布条包扎它的伤腿,嘴里念念有词,慢声细气的,与哄小孩差不多。

她的手摩挲着狗背,一遍一遍,手势顺向而行,把狗驯服了。狗腿的伤处渗出血来,颜色很深,把布印出一摊靛蓝。狗虚弱地叫唤,被疼痛蒙住的眼睑阖了起来,混浊的液体从眼角流出,在弧形的吻部滑离,它把脑袋搁在九妹膝盖上,尾巴像拂尘垂在地上。

狗通人性,九妹在关键时刻救了它,它十分感恩。在对蔫耗子两口子的情感上,更偏向于九妹一些。九妹偶有微恙,它就用舌头舔她,弄得她整张脸都是湿的。蔫耗子生病时,它只是呆在一边,最亲密的动作也只是蹭一蹭蔫耗子的腿。

此刻,九妹在门外哭泣,狗郁悒地待在她身旁。九妹的咳嗽停了下来,她返回屋里,指着蔫耗子,开始恶毒的咒骂,像母夜叉面色铁青,嘴角溢出白沫。

处于癫狂状态的九姝令蔫耗子心酸,与从前那个腼腆的女孩相比,她陌生得像鬼魂附体。蔫耗子想,纵然阿旦犯了天大的错,凭什么把罪责转嫁到自己身上。他觉得很不公平,也有点同情九姝,设身处地站在她的立场,似乎也情有可原。要说倒霉,只能说谁让他摊上这么个爱惹事的兄弟。一个念头在蔫耗子心头萌芽,冤有头债有主,他要去造桥工地找到阿旦,把他头剁下来,献给九姝,这样九姝气就消了,他们就会重新修好。

蔫耗子一声不吭往外走去,他来到集市上。独腿老头正在张罗着收摊,刘大牙已经醉倒在地,睡成罗汉状,鼾声如雷。他踢了下刘大牙,这个丑陋的年轻人歪了下嘴,眼皮也没抬一下。

蔫耗子拍了下独腿老头的肩膀,再给我来碗酒吧,天亮我就要走了。

13

蔫耗子揣着杀人动机伙同刘大牙上了路,目的地明确,直接登上了去江边的长途汽车。坐在临窗的座位上,蔫耗子像霜打的豌豆荚,萎靡且憔悴。平地而起的风吹在瞳仁上,睁不开眼睛,他把玻璃窗关上,窗上的残缺阻碍不了风,他缩了下身体，风破洞而入，把力量更集中地送入车厢。车轮开始滚动，蔫耗子看了眼四周，没看见九妹，他相信她正躲在某个僻静的暗处看着自己。他把头埋进膝盖，风顺着后颈长驱直入，吹醒了皮肤上的颗粒。

天气的突然转凉使蔫耗子更添凄凉，一路上闷闷不乐，不搭理嬉皮笑脸的刘大牙。刘大牙是个没心没肺的家伙，既有点木知木觉，又有点不知好歹。隔不久就要拿出唢呐吹上两口，扎人耳膜的刺响招来乘客的白眼，他一副我行我素的傻相，别人不敢冒犯他，怕将他点着了，闹得更欢。

刘大牙折腾累了，把唢呐往肚皮上一搁，两只光脚丫斜插到对座，随着车子的颠簸，迷糊过去了。

车子在奔波的过程中，有过一回在站点的短暂逗留，乘客可以下车伸伸懒腰出个恭什么的，同时车厢内也更替了少量乘客。刘大牙醒了过来，提着唢呐来到粥摊，买了两块面饼狼吞虎咽。蔫耗子没下车，连眼皮也没抬，直瞪瞪看着邻座一块油斑状的污垢。

车站上发生的斗殴没任何先兆，蔫耗子听到有人喝道：找死呐。他一激灵，那个声嘶力竭的家伙正是刘大牙，他的破锣嗓与毛驴无异，难听却易于确认。

蔫耗子循声抵达现场，战事已尘埃落定，也就是说，这个片段只维系了一两分钟。呈现在蔫耗子眼中的画面是，刘大牙被一个秃头壮汉踩在了地上，另一个同样敦实的戴旧毡帽的年轻人正在把收缴的唢呐折断。

这两人就是日后加入种麦队的赵和尚与王老屁，他们在车站上候车，目的地也是江边的造桥工地。打架的起因说起来只是屁大的事，为了一碗粥谁先喝，双方就动了手。由于是一对二，刘大牙吃了哑巴亏，不但被饱揍一顿，还被戴旧毡帽的王老屁夺了用来充作武器的唢呐。

王老屁一不做二不休，把唢呐撅成两截，又气又急的刘大牙被赵和尚踩着不能动弹，唾沫星子乱飞，骂王老屁祖宗十八代，被王老屁踹了一脚，回敬他的出言不逊。

长途汽车重新上路，刘大牙不再像先前那般嚣张了，表情有点木讷，光脚丫也不再插到对座去了。他的自尊心受到了伤害，知道自己成了笑柄，乘客们没在脸上笑出来，不代表心里没偷着乐。

两个壮实的年轻人坐在最后排，上车就开始打盹，一直没说话。翌晨，车子停在江边的站点，蔫耗子和刘大牙下了车，那两人也下了车，用挑衅的眼光瞥了一下蔫耗子和刘大牙，扬长而去。

根据热心人指点，车站到造桥工地有近路可抄，那是一条依着河流蜿蜒向前的羊肠小道，刘大牙垂头丧气跟在蔫耗子后面，从此处往江边眺望，是空濛的雾气，能感受到琥珀色江风的吹拂。野道旁挂在草叶上的雨水尚未被大地采集，收缩的霁光深处，火红的日出正离开江面。

两个年轻人再次出现，扑倒在地，压坏了一大片带刺的蒺藜。从他们的姿势看，可以判断出是癫痫导致的抽风，人蜷缩着，四肢像抽筋的鸡爪，口角溢出白沫，五官在痉挛中歪斜，已神志不清。

蔫耗子和刘大牙面面相觑，刘大牙的眼中放光，激动得都快撒尿了。他真的把阳具掏了出来，用拇指和无名指夹着，一股浓重的膻味飙出来，蔫耗子想阻止来不及了，茶黄色的尿液浇湿了两个癫痫患者的面孔，随着敞开的口鼻进入气管，他们被呛得够呛，脑袋来回甩摆。不过他们的昏厥尚未结束，瞳孔中不会留下任何影像。蔫耗子拉着刘大牙就跑，他不想惹事，报了仇的刘大牙兴奋极了，对自己的恶作剧方式十分满意，他挣脱了蔫耗子，一边做鬼脸一边手舞足蹈，大兔牙间垂出舌头，活似一个无常。

又走了一程，到了造桥工地，空旷的营地上有十几排平房，隔一段，又有十几排。两人兜了一圈，看见一张告示，歪歪扭扭地写着毛笔字——招工处。蔫耗子粗识几个字，只认出"工"字，战战兢兢推开门，你们在造桥招人么？得到肯定回答后，回首吆喝刘大牙，别晃了，这儿就是。

蔫耗子试图打听阿旦的下落。办事的人很不耐烦，工地那么大，阿蛋狗蛋山药蛋很多，没法查。

蔫耗子讨好地笑笑，我也是随便问问。

办完用工手续，领了藤制安全帽和全套工作服，被分配在后勤班，这是纯体力活，全无技术可言。住处是一溜平房中的某个空房间，至多只有七平米，散发着新鲜水泥味。带他们来的人说，因为招工数量庞大，来不及备那么多床，打地铺可能染上风湿,每人可以领一块门板。

这么容易就谋到了差事,蔫耗子和刘大牙笑成了向日葵。

临近中午,工地办事的又带了人过来。真是冤家路窄,即将成为他们同屋的正是那两个年轻人。他们大摇大摆,已恢复常态,癫痫发作时的痛苦无一丝残留。

刘大牙有点紧张,把头掉过去了。神情也不大对头,但没回避他们的目光,对方对再次邂逅产生了稍纵即逝的诧异,眼神中并无恶意。蔫耗子注意到,他们头发是湿的,上衣也换过了,一定是醒后跳进河里洗了澡。蔫耗子可以想象他们的暴跳如雷,屈辱使他们发狂,河水在他们的捶胸顿足中被掀起了惊涛骇浪。想到这儿,蔫耗子有点心虚,暗自庆幸的是,对方眼神中真的没有恶意,也许他们根本没怀疑到刘大牙,这是有可能的,他们处于昏厥状态,丧失了辨识能力。想到这儿,蔫耗子稍许缓解了忐忑。

蔫耗子只是一厢情愿的自我安慰,根本就不可能蒙混过关。对方即使没确凿证据,也会从神态中看出蛛丝马迹。如果不是心怀鬼胎,何必目光躲闪。蔫耗子和刘大牙都不会演戏,心虚令他们露了馅,把自己给出卖了。

正因为解除了戒心,当暗算降临之刻,蔫耗子和刘大牙落了个束手就擒的下场。月黑风高,封闭的房间内,四个男人躺在地铺上,呼吸浑浊。影影绰绰的漆黑在窗外飘浮,两个年轻人把眼睛睁开,他们等了很久,在等另两个男人睡熟。他们翻身而起,用一个横跨的腿式,勒住了蔫耗子和刘大牙的咽喉,被控制住的两人使不出力,俨如遇到了鬼压床,眼珠瞪得几乎眼眶裂开,巨大的恐惧让他们崩溃了。

为不至被活活勒死,源自身体本能的抵制挽救了蔫耗子和刘大牙。也可以有另一种假设,两个年轻人并不真想置他们于死地,所以在不懈的反抗之后,卡在喉咙上的钳子松开了。

刚从鬼门关脱身,刘大牙就杀猪般嘶叫,杀人啦。

话音刚落,嘴便被死死捂住,骑在他身上的王老屁威胁道,再嚷嚷就要你的命。

外面有人巡逻,一个声音问道,哪儿在叫,出什么事了?

王老屁应道,没事,做梦遇到强盗了。

外面嘟囔了一句,深更半夜不好好挺尸,叫魂。脚步声便走开了。

刘大牙嘴被捂住,鼻孔吭哧吭哧喘着粗气,腰背僵硬地使着蛮劲,想把王老屁掀下去,却没成功。

那边,蔫耗子却没大喊大叫,秃顶的赵和尚一巴掌,把他腮帮子打肿了,疼痛像弥漫的水藻,蔫耗子觉得牙床被击碎了,他口齿不清道,这位老弟,你让我说两句。

赵和尚扇了他一记耳光,恶狠狠道,有什么话,快说。

蔫耗子道,出门在外都不容易,又没深仇大恨,干吗出手这么狠。

赵和尚道，你们在找死，竟敢在老子脸上撒尿。

蔫耗子道，话不能瞎说，得有真凭实据。

赵和尚道，看你们贼头贼脑的样子，就知道是你们干的。

蔫耗子道，你要这样说，只好由你，反正人也打了，要还觉不解气，干脆把我们弄死。

赵和尚道，杀人得偿命，干吗弄死你们。

王老屁道，我们不要你们的命，只想报仇。

说着把裤子脱下来，准备撒泡尿让刘大牙喝。

刘大牙一骨碌翻到边上，指着王老屁，你他妈的敢尿我，下回再发羊角风，非把你鸡巴搞下来不可。

他这样一说，还真管用。王老屁傻在那儿了。

刘大牙道，这事就算完了，我们交个朋友，你发病的时候我还能帮你掐掐人中。

赵和尚把脑袋掉过来，朝刘大牙啐了一口，你他妈的还敢威胁我们，看我不扒了你的皮。

刘大牙看着凶神恶煞的赵和尚，把脖子一梗，大嗓门再次击破了黑夜的静谧——

有人要扒我的皮。

王老屁再想堵刘大牙的嘴已不可能，他正忙着提裤子。刘大牙朝门口跑过去，赵和尚敏捷地跳来，拉住了刘大牙后襟，但拉不住他的暴发力，犹如野马脱缰，刘大牙把门撞开，这个画面的产生基于他衣服被撕开一大片后背，被撞开的门上仅有一把简易铁皮插销。

刘大牙扯着嗓子喊，有人要杀人啦，要扒我的皮。

像锐利的猎刀刺中了黑夜的心脏，刀刃上挑着血淋淋的脉搏。广漠贫瘠的滩涂上，凄厉的尖叫让惊醒者胆战心寒，好奇心促使睡眼惺忪的人们走出来。由于寒意的侵袭，都是畏头缩脑的鬼样子，表情介于兴奋与怀疑之间，似乎在期待一场血案。但他们一无所获，既没有追杀实况，也没有血腥现场，甚至那声尖叫也不知源自何处——造桥工地刚开工，宿舍区配套尚不完善，用来照明的路灯还没竖起，只有巡逻的工人晃着几束手电筒的光线。实际上，除了黑黝黝的背景，四周一片苍茫——大家盲目聚拢，互相询问，彼此摇头，莫衷一是。无人否认听到了尖叫，无人怀疑耳朵出了问题。霜气氤氲，光影斑驳，人们的失望溢于言表，骂骂咧咧，不甘心地散去。

肇事的王老屁和赵和尚也在人群中，巡逻工人用手电筒来回乱照，他们神态自若，装作与己无关，而蔫耗子和刘大牙则消失在夜色中，不见了踪影。

刘大牙破门而出的同时，蔫耗子用力把赵和尚推开，这下饭碗砸了，刚住下就打架，工地肯定让我们滚蛋。

说着叹了口气，朝外面张望，刘大牙没了人影，闻声而起的人们正慢慢形成嘈杂。蔫耗子的话对两个彪悍的年轻人起了作用，显然他们并不想被工地扫地出门。赵和尚道，只要我们谁都不说，就没人知道。

鸢耗子道，你们稳着点，别给识破了，我可不想把活丢了。

说完，朝刘大牙逃跑的方向赶过去。

黑咕隆咚的大地上，哪儿还有刘大牙的踪迹。

寻觅了大半个时辰，鸢耗子垂头丧气回来了。一排排酷肖的平房，辨认很久，好不容易找到了住处。两个年轻人正蹲在门口吸烟，他没跟他们说话，直接进了房间躺下。刘大牙的失踪使他心事重重，滩涂上神出鬼没的河流分汊，他害怕刘大牙一脚踏空，成为溺水而亡的冤魂。

门口的两枚烟头像停在指间的萤火虫，微红的亮光忽明忽暗。

赵和尚吐了口烟，你那兄弟呢？

鸢耗子没吭声，眼睛看着房顶。

赵和尚道，你那兄弟挺倔的，有他的苦头吃。

鸢耗子还是没吭声，突然放了一个屁，眼睛一眨不眨。

赵和尚讨个没趣，把烟蒂摁灭，也躺回地铺。

王老屁还在抽烟，没回头，随口一问，睡啦？

赵和尚用鼻子嗯了一声，很快打起了呼噜，剩下王老屁一个人守在门口，脚下扔了好多烟屁股。

距离天亮不远的时分，刘大牙回来了，光着上身，提着用衣服做成的布袋——把两只袖子扎起来，往中间一兜，被撕坏的后背拢成漏斗状——乐呵呵提着一片蛙声站在门外。

他径自走进屋内，对王老屁置若罔闻，从他身上跨过去。冲着发愣的蔫耗子显摆,可了不得,青蛙多得造反了。

大嗓门把赵和尚弄醒了,他支起胳膊,看怪物一样看着刘大牙。

刘大牙冲他笑笑,回头煮熟了,一块来吃。

赵和尚和王老屁哭笑不得,他们从没遇到过这样没心没肺的人。

俗话说不打不相识,刘大牙用一大锅喷香的蛙肉和两个年轻人捐弃了前嫌,实际上,仇恨和友谊往往就在一念之间。物以类聚,人以群分,说到底,他们都是混世魔王,目中无人,呼五喝六,是天生的酒肉朋友。岁月蹉跎,他们的义气愈加牢固,成了两肋插刀的兄弟,江湖从来就是如此,有时候看上去真像一个笑话,那么寡廉鲜耻,又那么古道热肠。

而蔫耗子既不与他们过分亲近,也不存有隔阂,他是一个沉得住气的人,偶尔会像兄长一样唠叨几句,更多的时候保持着旁观,仿佛一只蛛网边的壁虱,并不存在地趴在那儿。

14

由于患有严重的癫痫,赵和尚与王老屁随时都有发作的可能,此病来无踪去无影,猝然丧失意识。在经历一阵脸色青紫的昏厥之后,仿佛自行消肿的神秘肿块,潜伏在两个年轻人颅中的魑魅会不辞而别。

一开始,当他们冷不丁栽倒,人们会慌里慌张猛掐他们人中,后来才知道纯属多余。别看他们仰天八叉躺在地上,用不了多久,就会拍拍屁股爬起来,跟刚打完瞌睡的人没什么两样。他们揉着眼眶里的草籽,打着慵懒的哈欠,嘴巴里是万物弥散的味道。又过了一会儿,苍白的脸色恢复了红润,也许是体能消耗的缘故,露出饥肠辘辘的嘴脸,如同失血的獾,饿形饿状。

癫痫虽不是稀罕的病,降临在赵和尚与王老屁身上的方式却颇为蹊跷,每次都同时发作,哪怕当时并不在一处。也就是说,每当赵和尚倒地不起,王老屁无论隔多远,都会立马不省人事。奇特的感应让人浮想联翩,真相最终水落石出,他们是孪生兄弟。不知何故,他们并不想让别人知道这一点,对身世讳莫如深,口风守得滴水不漏。

尽管如此,如影随形的癫痫仍是最大的破绽,令大家心生疑窦。只因不了解底细,仅止于忖测。

造桥工地的工人来自岛屿各个角落,这样一个背景,要守住秘密是困难的,任何人都有被识破的可能,或者说,都有在茶余饭后被说上一段的可能。这时候,岛屿的局限性就显现出来,虽幅员广阔,毕竟被江水围困,任何角落的隐私都可能成为别人谈资。在这种口头的演绎中,赵和尚和王老屁的身世渐渐清晰。他们是一个铁匠的儿子,王老屁还是遗腹子。作为同胞骨肉,他们并不相像,这是因为一个随父一个随母。据见过他们母亲的人说,那个女人姓吕,长得相当标致,尤其是顾盼流离的大眼睛和扎在脑后的大辫子让人过目难忘,在集市上走过,常引起狂蜂浪蝶的围观。对她产生非分之想的男人不在少数,铁匠活着的时候,即便动了邪念,不敢付诸行动。因为铁匠是个大胡子硬汉,还是容易发火的爆脾气。如果他是个唱戏的,不必带髯口,直接可以演李逵张飞鲁智深。

铁匠是个羊角风患者,他的病决定了任何时候不能登高。可他爱逞能,性子又急,见别人码不平瓦,就顺着竹梯上了屋顶,刚把瓦码平,两眼一黑,倒插葱栽在屋前一块石头上,抽搐了一会儿,豆腐般的脑浆流了出来。

姓吕的女人肚里怀着孩子,寡妇门前是非多,她未能免俗,跟别人好上了。男人都不喜欢拖油瓶,她只能把两个男孩——包括刚出生的王老屁——狠狠心送掉。老大过继给了同村一户赵姓人家。出生后没吮上一口奶的那个男婴,干脆扔在了集市犄角。过了没多久,被人抱去,从此再无下落。

姓吕的女人红颜命薄,第二个男人是赌徒,这决定了她悲惨的结局。一个人不会一夜间成为赌徒,姓吕的女人之所以跟了他,一方面是瞎了眼,另一方面,被他阔绰的出手迷惑了。赌徒心态有两个极端,既把钱看得很重,又不把钱当回事。这个人的牌运和牌技均属上乘,算得上赌桌上的常胜将军,也养成了大手大脚的习性,给姓吕的女人买衣服扯布料,眼睛从不眨一下,姓吕的女人对他的第一印象就是财大气粗。人长得也不赖,浓眉大眼。漂亮娘们都有虚荣心,姓吕的女人就跟了赌徒,跳进了火坑。

俗话说,情场得意,赌场失意。真是不假,自从把姓吕的女人搞到手,那人的牌运走到了尽头,就像赌友们嘲笑的那样——

你手上满是女人的臊尿味,再甭想摸到好牌啦。

果然没过多久,赌徒就把老本赔光了,变成了家徒四壁的穷光蛋。翻本的念头不屈不挠,当他再也摸不出一个硬币的时候,能押得上桌子的只有一件东西了。没人知道他是如何说服姓吕的女人的,反正她用身体为他还了很多债。从她脸上人们并没看到怨尤,她神情安之若素,说明是心甘情愿的。她再次怀孕了,这是一笔糊涂账,可以判定胎儿是个杂种。从可怜的寡妇到遭人疾首蹙额的婊子,她用了不到一年。她的身体再无隐秘可言,睡过她的男人把细枝末节在赌桌上公开了——腋部的白疣、左胯间的胎记、屁眼上的痔疮。大腹便便的她身材走了样,没人再愿意接受她作为赌资了。

那个相貌堂堂的赌徒失去了最后底牌,他没机会了,再无往日的神采,变得跟痨病鬼差不多枯黄。他把怨气发泄在姓吕的女人身上,认定是一身晦气将自己逼上绝路。有人在砍柴时看见过那个男人,他置身黄昏的溪流边,快乐地鬼哭狼嚎。目击者躲在远处偷窥,这个失败的赌徒边喝酒边往嘴里塞东西,配合着手舞足蹈一番。由于光线不好,无法甄别他是醉了还是疯了。过了几天，又有人经过溪流边，一只砸碎的酒坛旁躺着一具腐败的女尸。赌徒没走远，挂在五步之遥的一棵歪脖子树上，眼眶被风吹干，里面不留一丁点黑色。

这个带着阴寒的故事，在流传过程中被不断添油加醋，尤其是其中淫秽的段落，穷极了想象力，美艳得不堪入耳，糜烂得让人情欲偾张。

岁月流逝近二十年，送给赵家的男孩已长大成人。毫无疑问，关于母亲的传说他耳熟能详。他当然不会无动于衷，市井的指指戳戳剜着他的心。他在耻辱中成长，充满了暴力倾向。强壮的身板是凶悍的本钱，他与每个人为敌，包括养父母。他听说自己有个兄弟，四处打听下落。费尽心力，却得不到点滴线索，情知大海捞针太难，就不捞了。

然而有一天，那个失踪的男孩，作为故事残余的悬念，突然从光阴的门隙中露出了脸。外貌上，他跟哥哥看不出丝毫血缘联系，这不要紧，因为有更牢固的锁链将他们捆绑，那就是癫痫。这种古怪的疾病像一个接头的暗号，帮助他们完成了骨肉团聚。

那个男孩就是王老屁，从名字一望便知，是姓王的人氏收留了他。那是个老头，靠街头练把式为生，算半个习武之人。卖弄花拳绣腿是幌子，推销狗皮膏药才是目的。每回摆摊总能吆喝掉几帖膏药，卖了药才有饭吃。王老头待王老屁视如己出，他有常人的私心，一直到死也没告诉王老屁是捡来的。王老头是在一次水灾中丧的命,不是给淹死的,而是在逃难途中让人暗算了。令人揪心的是,凶手只是为得到他怀里的几块馒头,就趁他不备,锤碎了他的后脑勺。

王老头的尸体横陈路边,无人帮王老屁伸张正义。这是人人自危的时刻,王老屁眼睁睁看着王老头渐渐变冷。从此迎接他的,就是漫无目的地的征程。

王老屁到处流浪,干的也是摆摊卖膏药的营生。他跟王老头朝夕相处,学会如何炮制药膏,继承了王老头的衣钵。他用石灰划地为圆,抱拳致礼,开场白有模有样。虽只是少年,面孔上已有了一层威仪。他用足迹丈量了岛屿的南北东西,脸上的威仪越来越重,还差点掳获了一名村姑的芳心。短暂的爱情成了过眼烟云,村姑被家里许配给了一个屠夫,出嫁那天,王老屁看见三匹扎着红绳的大肥猪倒挂在竹竿上,抬进了心上人的娘家。

他离开了伤心地,命运之所以要他继续流浪,是赐予他一个并不知道的使命,用与生俱来的癫痫,找到同胞手足。

他来到赵和尚所在的村子,在打谷场上行将完成一场表演,体内的密码打开了,将他摔倒在地,在抽搐中丧失自我。这次与往常不同,围观者中有人呼应了他的昏厥,他从未谋面的哥哥赵和尚。

当这对长相迥异的兄弟同时醒来,四周已围了许多人。任人摆布的身体被放在一起,像两条被撑开的咸鱼。他们睁开眼看到了对方,嘴角残留着白沫的另一个癫痫患者,目光由呆滞变得疑惑。

这样的相逢宛如戏曲中关键的段落,毋庸置疑,这一出同胞团圆的折子戏尚有少许波折。对兄弟俩来说,一切来得过于突兀。尤其是王老屁,压根未想过人生中隐藏着如此重大的秘密,他一直以为就是王老头的亲儿子,当别人七嘴八舌说他是一个死于癫痫的铁匠的儿子,容貌与他死去的娘一个模子套出来时,他觉得那是天大的笑话。

更多人证使王老屁正视了现实,意识到那些传言可能不是空穴来风。他决定留在村里,让真相水落石出。他并未得到更多物证,传到耳里最多的是关于一个风流寡妇的闲言碎语。赵和尚一直尾随着他,他心知肚明,这个人就是自己的兄弟。可他同样拿不出确凿物证,甚至连一张母亲的相片也没有。他不离王老屁左右,在等待癫痫的再次来临,有什么比他们再次同时摔倒更具有说服力呢。

王老屁明白赵和尚为什么要跟着他,对这个秃头莽汉的盯梢他无计可施,觉得他讨嫌偏执,不达目的誓不罢休。王老屁不主动搭理他,也不置之不理。说白了,对那些传言他半信半疑,他可以离开村子,没人能阻拦他,留下来是因为好奇心。每个人都想知道自己的来历,这是本能。

王老屁等待着人生的裁决,他不缺时间,只是等待会消耗耐心。魑魅般的癫痫终于来了,昏迷席卷着他和赵和尚使他们陷入混沌,意识恢复后,王老屁内心又被攻陷一城。少许惊慌涌入腹腔,更多悲伤篡改了表情——赵和尚躺在不远处,兄弟俩四目相对,眼中包含着千言万语,他们把咬肌咬紧,泪水在瞳孔中闪了一下。

王老屁在村里呆了半年多,共犯过四次癫痫。不必说,赵和尚一次没拉下。这种神秘的链接来得越多,对彼此身份的印证越具说服力。最后这对年轻人相认了,去父亲坟前磕了头,算是拜祖归宗。兄弟俩决定外出谋生,作出这个决定,当然不是心血来潮,理由很简单,他们不能永远生活在村民的鄙视里。如果要活出起码的尊严,选择离开是唯一出路。

于是他们打点行囊,离开了出生地。这里,可以减去一些笔墨,只需笔锋一转,就可以看到他们来到了江边,成了造桥工地上的工人。这项浩大工程成了吸引劳动力的磁场,来自岛屿各处的人们朝圣般涌来。对兄弟俩来说,这份管吃管住还拿钱的工作吸引力巨大,唯一欠缺的是招工范围覆盖全岛,人多眼杂,难保有人认出他们。对此他们只能听天由命,除非永远在荒野隐姓埋名,要不干脆离岛而去。对岛外的世界,他们疑心更重,他们仅有的本钱是体力充沛。除了登高,适合干任何体力活,这是他们的局限与宿命,也是岛屿的局限与宿命。

所以,到头来身世还是败露了,败露的真相像泼出去的水收不回来。他们一肚子怒火没处发泄,把值得怀疑的泄密者揍了个遍。表面上解了恨,让那些饶舌的家伙尝了皮肉之苦。却于事无补,痛楚仍留在兄弟俩心中,那个全村赌棍都搞过的寡妇，使他们不得安宁。他们的生命来自于那个女人早已枯萎的子宫，这是无法选择的渊薮，是他们永恒的耻辱。

王老屁抽了自己一个耳光，当初留下来难道就是为了自取其辱？当然，也不是只收获了耻辱，邂逅了赵和尚，他同病相怜的哥哥。

按下这头不表，再说蔫耗子。他来造桥工地是为了找阿旦报仇，他当然有理由恨阿旦，但真的会对兄弟下手？就像发的毒誓那样，把头剁下来献给九姝，以求与她重修旧好。其实根本不必担心，再借他一百个胆子，他也不敢杀人。别的不说，单从处理刘大牙与赵和尚兄弟的纠纷上，便可以看出他息事宁人的处世观。不过老实人也有被逼急的时候，日后他就为了被废弃的麦田狗急跳墙，手提大镰找指挥部的人拼命，可那也不过是虚张声势，到头来还是眼睁睁看着麦田葬身于荒芜。

也不算白闹一场，指挥部作出了妥协，让他成立种麦队，这既谈不上补偿，也谈不上恩赐。说到底，仅仅是允许他换一个地方种麦子而已。对蔫耗子而言，却是欢天喜地的美事。

从种麦队的阵容来看，均为蔫耗子老人马，除了刘大牙和赵和尚兄弟，做糖人的阿旦也加了盟。要知道，名单虽是蔫耗子定的，事先不会不征求入选者意见。由此表明，他已与阿旦和好，还可以有另一种推测，他压根就未与阿旦翻过脸。不幸的是，这种推测并未诬陷蔫耗子，他一见到阿旦，早把报仇的事抛到九霄云外去了。

听上去这有悖于情理，让人觉得蔫耗子除了懦弱，还不讲原则。转念一想，他为什么要杀阿旦。人的情绪在不同情境中会有很大差异，不错，九妹的呵斥令他对阿旦产生了怨恨，这是因为他对家庭破裂引起了恐慌，在极度焦虑中，把账算到了阿旦头上。当九妹从生活中消失后，他怨恨的对象转移了，他发现真正恨的其实是九妹。说到底，是她绝情地逼走了他，将他扫地出门，沦为浪迹天涯的人。

而阿旦从未做过有负于他的事，作为一起长大的兄弟，他们有许多可供分享的邈远往事，称得上手足情深。设身处地为蔫耗子想一想，他始终被命运推着跑，走到这一步，才把头绪梳理一下，决定重新开始生活。他迫切想见到阿旦，不是为了报仇，而是为了倾诉。此刻，刚安顿下来的蔫耗子，眼前浮现出那张嘻嘻哈哈的脸，他想尽快找到阿旦，他对阿旦没有一点一滴恨意，旧棉絮般的郁闷堆积在心中，那些糅合着杂质的郁闷，只能用唠叨来化解。

15

蔫耗子逢人便打听阿旦的下落，问题是，越江大桥这样的工程需要建立一个小社会，现在只是初创阶段，工地看上去像一盘散沙。工人们对陌生环境木知木觉，兴奋中带着迷茫，没人愿意管蔫耗子的闲事。在这种情形下，寻找阿旦绝非一蹴而就。

又过了一阵，蔫耗子基本上没信心了，心里清楚与阿旦的重逢是件可遇不可求的事，唯一能做的只有守株待兔，他不会大变活人，让阿旦自个儿跳出来，何况还存在另一种情况，阿旦可能根本就没来工地。

这一天，巡回在岛上的电影队来到了工地，用毛竹竿在空地上支起临时框架，把厚重的布幕吊上去。工地指挥部支付了观摩费，发通知晚上看露天电影。天气凉飕飕的，有免费电影看，大家提着小板凳来了，热闹得跟过年似的。

放的是一部老掉牙的战争片，白色光柱打在布幕上，四周顿时安静下来。因为放映条件的局限，电影画面不太稳定。声音闷里闷气，有时还比镜头慢半拍，就像先闪电后打雷。大家不在乎，傻呵呵盯着那块大布，被厮杀的画面带进去了。

蔫耗子和刘大牙坐在一起，广阔的星空下，曲里拐弯的风在芦苇中生成，沾着霜气到处乱走。刘大牙哆嗦了一下，像被鬼敲了一下头，提醒蔫耗子道，你不是要找你兄弟么？说不定现在就在。

蔫耗子道，我刚才也在琢磨，可我怎么找他呢？总不能扯着嗓子喊吧。

刘大牙道，过了这村没这店，你不喊，等于让他从眼皮底下跑了。

蔫耗子道，他也不肯定就会在这儿，再说，大伙电影看得好好的，你大声吼一家伙，不找骂么？

刘大牙道，那你别吼，就没人骂你了。

蔫耗子道，要不你帮我吼一下，你嗓门大。

刘大牙道，你找兄弟，凭什么让我吼？

蔫耗子道，这不跟你商量嘛。

刘大牙说，有赏就吼。

蔫耗子道，真吼来了，赏你一桶酒。

刘大牙道，不能反悔，我帮你吼。

就猛地站起来，形同一棵暴长的树，大声吼道，我是蔫耗子，我要找阿旦，我是蔫耗子，我要找阿旦。

吼完往下一坐，突然缩成了树桩。

蔫耗子道，他妈的怎么这样吼，人家都当成是我吼的了。

刘大牙道，本来就是你吼的，你还赖谁。

蔫耗子道，你这样吼，还不如我自己吼，还给你酒干什么。

刘大牙道，我不说自己是蔫耗子，阿旦哪知道你在找他。

蔫耗子道，你这样吼，不能给你酒。

刘大牙一听，脸沉下来。他是真正的酒鬼，少喝一口就会不舒坦，眼看到手的一桶酒黄了，气得不行。也就是蔫耗子，要是换了别人，早就恶语相向了。但蔫耗子是他大哥，拉不下脸，只能生闷气。

蔫耗子警惕地巡视四周，观察那声吼有什么反馈，很失望，没看见阿旦跑过来，倒是凶巴巴的叱喝像旗幡在黑压压的人头上挥舞了一遍。

蔫耗子把头转过来，拍了下刘大牙，逗你玩呢。

刘大牙面露喜色，酒不赖了？

蔫耗子道，欠什么都不能欠你酒，眼睛都绿了，至于嘛。

刘大牙掏着耳窝道，就好这一口。

舌头在唇上一舔，已经喝上似的，神情迷醉。

放映机射出的光束突然熄灭，布幕上的影像没了，周围漆黑一片。大家不知发生了什么，骂娘声和口哨声甚嚣尘上。五六分钟以后，电影恢复了正常，接着中断的情节往下演，喧哗顿时减弱，传过来的消息说放映机出了故障，倒也不完全是坏事，有人把憋着的尿给解决了。

蔫耗子没往放映机上想，以为电闸跳了。他本就不爱起哄，屁股也没挪，坐等电来，刘大牙闲不住，骂娘去了。

布幕重新亮起来，蔫耗子把微眯的眼睛睁开，注意力回到画面上，凭着直觉，感到身旁有点异样，坐着一个人，不像是刘大牙。刘大牙风风火火的，坐下来肯定带着一股风。这个人不同，影子一样悄然而至。蔫耗子心念一动，他的反应比文字描述要快得多。他立刻扭过了头，借着布幕折射出来的淡灰色光晕，看到了他的兄弟阿旦。

阿旦这个人是天生的乐天派，同时还是个花花公子。除此之外，他还有做糖人的一技之长，麦子成熟的季节就是他大显身手的时候。用一口黑铁锅，把麦子浸没，让它发芽，熬熟，冷却，撇去浮壳和残渣，麦子就成了稠液。用一把勺子在光滑的石面上勾出图案，待糖凝固，用篾片抄底，小心地把它揭起来。事先放上在石面上的竹签和发脆的麦芽糖粘在一体，起到抓手的作用，使它可以拿起来，不至一触即碎。

阿旦的出现使蔫耗子大喜过望，喝重逢酒的时候，这个老实本分的货郎查验了一下阿旦的肩胛，九妹的刀在那儿留下了一道不深不浅的伤疤。他让阿旦动动关节，阿旦照办了，他的动作表明伤势未触及筋骨，这让蔫耗子心里一宽。他用天生的苦瓜脸求兄弟搬来一块住。阿旦推了两次，蔫耗子坚持了三回。最后阿旦没辙了，只好把实情说出来，他已经有了新的女人，是在来江边的长途汽车上认识的，他们以夫妻名义搞到了一间宿舍。

蔫耗子很失望，阿旦的这席话令他想起了九妹。他越想越气恼，沉积的怒火爆发出来。他唾沫星子乱飞，借着酒劲，把阿旦骂了个狗血喷头。骂累了，直瞪瞪盯着他兄弟，你倒好，又搞上了，这辈子就为鸡巴忙活吧你。

这通痛斥并没使兄弟俩恩断义绝，相反，通过宣泄，蔫耗子化解了对阿旦的郁结。反过来，阿旦扪心自问，毕竟是他导致了蔫耗子家庭的破裂，蔫耗子借酒发疯是情有可原的，所以他也没往心里去。

阿旦的住处在另一片宿舍区，离蔫耗子这边有二三里路。过了几天，蔫耗子过去串门。由于没门牌，蔫耗子只好在一排排平房中穿行，寻找一只用来做糖人的木箱，这是阿旦特意放在门外的记号。临近中午的时候，蔫耗子在一扇门前站住，那只做糖人的木箱斜靠在外墙一侧，相邻放着一只水桶。

蔫耗子敲了两下门，里面有人问，谁啊？

是阿旦的声音，声调有点紧张。

蔫耗子道，是我。

阿旦道，怎么现在才来，还以为你不来了呢。

蔫耗子道，头一回，不好找，绕了半天。

阿旦道，你等着，这就来。

蔫耗子没吱声，听见屋里有些忙乱，阿旦压着嗓音在紧赶快催，对话的是个女的，听上去反倒坦荡，把嗓门吊高道，进来吧，完事了。

蔫耗子没动弹，陷于进退两难的处境。有人走近的脚步声，门打开了，那个女的靠着门框，锁着下襟纽扣，笑脸看着他，是大哥吧，等等你不来，正和你兄弟做事玩呢。

女人舔着嘴唇，不是潦草的舔，而是露出唇尖，露出灰红色的舌苔，从左到右沿着嘴角，舔遍嘴的轮廓。蔫耗子的目光在她遮到一半的肚皮上躲了一下，阿旦扎着腰上的裤带，半跳半瘸迎上来了。

阿旦的相好把身体从门边上挪开,蔫耗子进了屋,混浊的空气让鼻孔不由自主张开,恍如鱼腥的浓烈气味压住了每一粒灰尘。蔫耗子觉得每个毛孔都被堵住了,皮肤浮起颗粒状的酥麻。

蔫耗子第一次与国香的见面就是这样一个场面,这个女人骨骼粗大,四肢纤细,女生男相。蔫耗子不习惯她张扬的性格,毫无羞耻之心,不懂得基本的避讳。没穿戴整齐就来开门,让他十分尴尬,她故意要看好戏一样,用奚落的语气道,大哥,你一敲门,你兄弟就松了,像个缩头乌龟。

阿旦脸上像被刮了一层变干的糨糊,表情给凝住了,他朝女人瞪了一眼,国香,说话留点神。

国香的泼辣一点没收敛,仍是阴阳怪气的调门,大哥又不是外人,咱在干啥他能不明白?你当大哥是三岁小孩呢。

阿旦道,那也没把这事随便乱说的。

国香不依不饶道,我说缩头乌龟你不高兴了?你刚才还嫌我不湿呢。

阿旦败下阵来,把手摇了三摇,道,停,服了你,停。

国香露出笑意,走到睡觉的地方,光着的麻杆细腿弯了下来,将一对大脚垫在屁股下面,两只向上的脏脚像尾巴一样小幅摆动着。国香的眼锋很长,一直在窥视别人,嘴角一直翘着,使平庸的五官有了动感。由于不掩饰自己的欲望,她看上去像是淫邪的化身,对这样一个厉害角色,蔫耗子替阿旦产生了担忧,觉得自己的兄弟根本不是她的对手。

16

果然,没过多久阿旦就来诉苦了,他愁眉不展地告诉蔫耗子,国香精力太旺,对那事儿乐此不疲,只要一得闲,手就直奔他裤裆,把鸡巴撸直了,肚皮就蹭上来了。阿旦虽也热衷于此道,遇到国香,算是一物降一物,在频繁的索取前败下阵来。国香并不善罢甘休,要把他老本掏空。阿旦如今看到国香就提心吊胆,因为严重透支,他眼冒金星,走路时不时要扶把墙。就是到蔫耗子这儿来,也生怕脚下打飘,找了根扁担支着,慢慢走过来的。

阿旦坐在午后的门外,和蔫耗子说着话。与蔫耗子同住的三个年轻人正在屋里喝酒。工地上的活不多,不知是哪个环节没衔接好,反正是两天打鱼三天晒网。刘大牙和赵和尚兄弟本就血气方刚,闲得发慌,把自己灌迷糊了,结伴出去找乐。找乐的另一种说法就是寻衅生事,无非要把多余的精力消耗掉。

他们出来了,吃得满嘴冒油,打着辉煌的饱嗝。江边常有神出鬼没的水兽出现。很幸运,他们逮到了一头上了岸的大江獭,它受到过袭击,行动迟缓,刘大牙他们东一脚西一脚把它当场踹死了。到了黄昏,江獭成了下酒的美食,蔫耗子胃口不大,吃完就到门口的长条木椅上坐着,刚好阿旦来,他进屋夺了王老屁手里的半片獭肉,递给阿旦吃,听他对国香满腹的抱怨。

鹉耗子不知屋里的人有没有侧听,他们在猜拳,隔一阵起哄一次,然后继续猜拳,又起哄一次。忽然就噤了声。鹉耗子暗示阿旦说得轻点,屋里哄地一声笑炸,鹉耗子屁股离开长条木椅,往门内张望,三个年轻人正朝他做鬼脸。又过了一会儿,他们醉醺醺出来,商量好似的,齐刷刷褪了裤子,露出两腿间的黑不溜秋,鹉耗子刚要骂,刘大牙凑近了阿旦,笑嘻嘻道,我们为你报仇,非把那娘们奀趴下不可。

鹉耗子啐了刘大牙一口,你们几个毛没长齐,就敢夸下这么大的海口,知道鸡巴往哪儿塞么。

赵和尚兄弟一听,乐呵呵的脸耷拉下来,王老屁道,别的不会,鸡巴往哪儿塞,还用你来教。

阿旦一拍大腿道,说得好,这话我要听。

刘大牙来了劲,手搭在阿旦膝盖上,你说,啥时候干?

阿旦道,先把你们的宝贝藏好,冲着我来可不行。

三个年轻人这才发现阳具还挂在外面,连忙藏好。赵和尚道,这事成了,你让我干啥都行。

阿旦一撇嘴,你这话说得就不如你兄弟好。

话锋一转,反问道,我的女人凭什么让你们奀呢?

刘大牙道,刚才你自己说不行了。

阿旦道,我不行了,凭什么就让给你们呢?

三个年轻人不知阿旦是正话反说还是反话正说,有点犯晕。

刘大牙道，她又不是你媳妇。这话的言下之意谁都能听懂。阿旦举起手，掀了刘大牙一个头挞，这话我要听。

说完清了清喉咙，狡黠地打量三个年轻人，慢条斯理道，刚才的肉味道不错。

是水老鼠。刘大牙说。

要不这样吧，阿旦道，给我逮只水老鼠。

刘大牙露出难色，江獭不比青蛙，是会动动脑筋的畜生，逃生的速度与青蛙不可同日而语。即便在脚下一寸之遥，架不住它比鬼还精，扑过去的刹那，一缕黑烟绝尘而去，扑通一声在水中化作了涟漪。那只江獭若不是负了伤，也不至于惨死在他们脚下。要让阿旦再吃上獭肉，对刘大牙他们来说，确实有点勉为其难。他们商量了一下，还是接受了阿旦的条件。这说明，和女人干一把的确是巨大诱惑，另一方面，三个犟头倔脑的年轻人不愿轻易服输。

刘大牙他们走后，蔫耗子疑惑地看着阿旦，你可别糊弄他们，他们真能抓着水老鼠。

阿旦捶捶后背，手掌按住腰后，你没听见刘大牙说，国香又不是我媳妇。

蔫耗子道，她要是不干呢，人家又不是接客的窑姐。

阿旦叹了口气，要是窑姐就好了，想打炮就去找她，完事立马走人，一分钟都不用多呆。现在我成什么了？整个调了个个，快成她裤裆里的一条狗了。

蔫耗子没吱声，觉得他的兄弟有些陌生。阿旦对国香的厌倦不是伪装的，就像一个逃离火灾的小孩，受到了惊吓，又不值得同情，因为他就是纵火者。

阿旦道，看样子我得在这儿住几天，补一下元气。

蔫耗子道，住多久都没问题，就是屋子忒小，挤挤吧。

阿旦道，光顾了说国香，差点忘了告诉你，九姝她怀上啦。

蔫耗子差点没从长条木椅滑到地上，因为惊愕，他五官间的位置失去了均衡，你听谁说的？

阿旦道，叫什么黑杠头来着，额角有块疤。

蔫耗子点点头道，知道有这么个人，二流子，没事老爱在集市上转悠。

阿旦道，现在就住我对屋，搬来才两天，聊天的时候才知道他认识你和九姝。

蔫耗子道，其实也说不上认识，他挺招人嫌，没人愿答理他。

阿旦道，没想到你和九姝散了，反倒留下了种。

蔫耗子嗫嚅道，容我想想，我到工地有小两月了，在这之前，因为你的事已经和她闹翻了。两头加起来最少有三个月没同房了，我记得离家前几天她还来过一次红呢。

阿旦道，照你这么说，九姝肚子里不是你的种？

蔫耗子点点头，点得非常困难，他不想点这个头，是一只无形之手在用力按他后脑勺。因为痛苦和屈辱，他眼泪汪汪，上嘴唇碰着下嘴唇，哆嗦个不停。

他最终没哭出声来,擤了擤鼻涕,咬牙切齿道,现在我算是明白了,她死活要撵我走,原来是外面有了人。

阿旦道,听黑杠头说,九妹自己抓草药吃,想趁着还没显山露水,把肚子里的东西弄掉。结果晕在集市上,掐了人中醒过来,肚子里的东西没弄掉,倒让大家知道她有了身孕。

蔫耗子道,作孽,谁让她犯贱呢。

阿旦道,你这话说对了,陈家的女人他妈的都是贱货。

蔫耗子道,别这样说,陈老贵还是有恩于我们的。

阿旦道,两回事,你想想,明明是他没管教好女儿,却要跟我拼命。

蔫耗子道,你也别光埋怨别人,你自己难道不是馋嘴的猫?

阿旦道,哪个男人不贪腥,鱼自己上钩,你的心会不痒痒?

蔫耗子道,得了便宜还卖乖,人家说兔子不吃窝边草,你倒好,一口气吃了三棵。

阿旦道,要说也怪,我们哥俩睡的女人怎么都结不了果?你想想,你跟九妹那么多年都没怀上,走了才几天,她就有了,不会是我们提不起这一壶吧。

蔫耗子道,这样说起来也真是,你和她们姊妹仨也没弄出一男半女。九妹这一怀孕,问题好像真出在我身上了,不过我对传宗接代已经没兴趣了。

阿旦故作神秘道，你对国香有没有兴趣？

蔫耗子看了眼阿旦，你不会也让我去搞她一把吧？

阿旦道，我还真想让你去搞她一把。

蔫耗子道，我还在替你担心呢，待会儿那几个逮了水老鼠回来，看你怎么办。

阿旦道，放心吧，水老鼠可不是蔫耗子，没那么容易逮着。

蔫耗子道，没工夫和你贫嘴，他们逮了水老鼠回来，要是干不成国香，你阿旦就等着变成臭鸡蛋吧。

阿旦道，这话什么意思？

蔫耗子道，鸡蛋碎了，蛋清蛋黄淌了一地，很块就臭了。

阿旦道，放心吧我阿旦成不了臭鸡蛋，真要逮到了水老鼠，我就带他们到国香那儿去。

蔫耗子道，国香要不愿意呢？

阿旦道，怎么会不愿意呢，你又不是没见过她那副骚狐狸样。

蔫耗子想起国香倚在门框上舔嘴的样子，想起她将脚垫在屁股下面摆动的样子，觉得阿旦没诬蔑国香，她确实不是什么正经货色。稍放宽了些心，却仍用怀疑的语气问道，她要是不愿意呢？

阿旦道，要真像你说的那样，也不用发愁，他们三个还摆平不了一个娘们，你就别操这份心了。

蔫耗子道，就是，我干吗替你们操这份心呢。我说阿旦，九妹会和谁好上呢，我们从小就认识她，她不像是水性杨花的女人呀。

阿旦道，你那是不了解女人，别看九妹看上去挺那个的，骚劲在心里藏着呢。国香那种破鞋，骚在外面，九妹是闷骚，骚在里面。一得机会，火苗子就蹿上来了。

蔫耗子呆滞地看着一只新鲜的蛛网，别说九妹了，聊些别的吧。

阿旦道，搞一把国香吧，你好久没沾女人了，搞一把吧。

蔫耗子道，什么国香国臭，提到女人我这儿就堵得慌。他指指胸口，站起来，走到屋里去了。

屋里十分逼仄，工地发下来的四副床板沿着墙一字排开，形成一长条地铺。除此之外，有限的空间里还放了一只没门的破柜子，胡乱放了些日常用物。留出的地方只够一个人转身。这样，最外面的两副床板兼有了吃饭功能，被褥卷起来是饭桌，摊平了是床。靠里的两副床板吃饭时派不上用场，不必把被褥卷起来。蔫耗子蹲在地铺旁，把碗筷和獭骨挪到地上，对尾随进来的阿旦道，我躺会儿，你要是饿，锅里还有剩饭，将就吧。

阿旦道，我不饿，我也躺会儿，躺会儿比什么都好。

各自钻进一个被窝，阿旦的脑袋刚碰到枕头就打起呼噜。蔫耗子瞧了他一眼，他的因为纵欲而脸色发灰的兄弟睡着了。从陈旧的打呼声中可以判断出他的虚脱，也许他并不是因为睡眠而双目紧锁，而是陷入了昏迷，或者处于睡眠和昏迷中间的某个状态。

蔫耗子把身体转过去，面壁而卧，什么也没有注视，眼泪淌了下来，泪珠在抽动的鼻翼边偏离了弧线，从腮旁滑落。

哭湿了一摊被角，在漫漶的视线中进入梦乡。一直睡到东方既白，身体里的时钟把他敲醒。阿旦仍在酣睡，打呼声已趋向均匀。蔫耗子推了推他，阿旦把惺忪的眼睛张开，蔫耗子道，天快亮了，那三个小子还没回来。

阿旦嘴角一动，露出一个笑容，我说水老鼠不是蔫耗子，哪那么容易逮着。

蔫耗子道，晚上黑咕隆咚，别出什么事吧。

阿旦道，难道会掉到江里淹死不成，他们肯定连水獭的影子也没瞅见，正发愁呢。

蔫耗子道，我觉得不太对劲，眼皮一直在跳，忽左忽右，真他妈邪门，你说眼皮哪能两边都跳呢。

阿旦把脖子缩进被窝，只露出脑门的一绺头发，准备睡个还魂觉。

蔫耗子看了他兄弟一眼，知道指望不了他，一个人离开地铺，走出了门。

蔫耗子来到刘大牙他们常去的那片河漫滩。所谓河漫滩，就是洪水过后，泥沙淤积成的荒地。在滩头上兜了一大圈，嗓子都喊疼了，也没听见那三个年轻人的回应。路过的几个陌生汉子——看装束也是工地上的工人——过来打听了一下，可他们除了扯上两嗓子，帮不上别的忙。

蔫耗子不知不觉走到一个江河会师的汊口，并不宽的河道由此启程，向西蛇行，深入岛屿腹地，与其他河道纠缠，然后打个活结，分成数条，抛线出去，形成纵横的河网。岛上有个说法，分汊的河流盘根错节，宽窄有异，归根结底筋脉是相通的，是同一条河流，是江水对岛屿的输液，也是它充沛体能的消耗与自渎。

蔫耗子放眼远眺，忽觉有点眼花，视野中产生了浮摇不定的景象，不很清晰，也不像是假的。实际上，是一个运动发展中的画面，触手可摸，又遥不可及。蔫耗子长这么大，从没见识过海市蜃楼，他只知道这是传说中的蛤蜊精显灵了。心一下子提到嗓子眼，目瞪口呆地看着一个小伙子在水里挣扎，一会儿沉下，一会儿浮起。让蔫耗子揪心的是，他看不清小伙子的脸，对他遭遇的危险也根本无能为力。小伙子被大江吞噬了，更奇谲的情景发生了，又被什么东西托着冒了出来。过了半个时辰，答案解开了，小伙子脚下原来是泥土，更确切地是一个蛏子状的小岛，扁扁长长，跨得大一点也就两三步的距离，绝处逢生的小伙子瘫软下来。

过了一会儿，类似风的力量撼动画面，它色泽变淡，支离破碎，直至隐遁在大江深处。

蔫耗子膝盖跪下，磕了三个头，嘴里念道，蛤蜊大仙保佑，蛤蜊大仙保佑。心里在想，刘大牙他们肯定出事了，按照民间典故，蛤蜊精显灵都要吃人的，刘大牙他们肯定逃不掉被囫囵吞下的下场。

蔫耗子仰头看天，泪流满面，一边祭奠一边哭，他妈的你个刘大牙，他妈的你个赵和尚，他妈的你个王老屁，为了一个骚屄娘们，值得么？还有阿旦你个老色鬼，害人精，你留着你的骚屄娘们自己贪，干吗招惹他们呢，他们憋着骚尿没处撒，你倒好，把他们变成了花痴。都他妈的鸡巴惹的祸，还有你九妹，闷骚货，为了让别人贪，就死皮赖脸把我赶跑。你怎么就那么贱呢，你个杀千刀的九妹。

蔫耗子沿着河走走停停，眼泪鼻涕一大把，哭得快不成人样了。

河道走了个水瓢的弧度，出现了一排排平房。蔫耗子用河水洗了把脸，因为哭泣，眼皮倒不跳了。头昏脑胀，不过还是认出了正是阿旦所住的宿舍区。对自己走到此地，他很诧异，是谁把他引来的呢——腿虽然长在身上，脚趾并不会指示他往哪里走——他快步如飞，鬼使神差被推着跑，在一扇门前站住了。

敲都没敲，直接把门推开。那个叫国香的女人躺在床上，被惊醒了。脑袋转过来张望，随着户外的光线一同闯入的蔫耗子让她一愣。她好像犯了病，软绵绵躺成一只偎灶猫。见蔫耗子进来，强打起精神，身体支起来道，大哥怎么来了。

蔫耗子处于混沌状态，一步没停，直接走到床边，道，你个骚屄娘们，都是你惹下的祸。

说着，把裤子松开。国香看出他的谵妄，把屁股朝后挪，使扑上来的蔫耗子扑了个空。

蔫耗子道，你不是离不开男人么，我来奍你了。

说这话的时候，胯部扭了两下，裤子就滑到了膝盖。

国香一轱辘离开床，光着脚丫往外跑。屁股是光着的，嘴里在求饶，不行，我那儿不能碰。

蔫耗子用脚一绊，国香摔倒了。她用手护住私处，两条腿夹紧，蔫耗子像公狗围着母狗转圈，寻找入口。国香道，我那儿受伤了，今天你搞不成。

蔫耗子的阳具已雄赳赳站起，他咆哮一声，不行，世界上还有不能奍的屄。

国香爬起来，又挪到床上去，她用被子盖住身体，我不骗你，都是该死的阿旦干的好事。

蔫耗子道，你还怪他，他都被你掏空了，在我那儿快咽气了。

国香道，他怎么能这样整人呢，我知道了，你也是他让来的，你们就是想把我奍死。

她把被子掀开，将双腿叉开成剪刀状，带着哭腔道，连裤头都穿不上了，那三个死鬼干了我一宿。

蔫耗子眼神迷乱，他觉得睾丸在下沉，灰白色的黏涎从龟头冒了出来。他的阳具如同被捏紧的皮虫，随着内容物的挤出而变得松软，栽倒在阴囊中央。

羞赧中，他清醒过来，慌忙提起裤子，廉耻之心回来了。

屋外有人走动，鸢耗子去把门关上，回头问道，你说的三个死鬼是刘大牙他们？

国香把被子拉过来，盖住肚脐和膝盖间的躯干，说是阿旦让他们来的，没说几句就上来奂我。

鸢耗子道，这三个死鬼，还真有种。

国香道，我又不是窑姐，我是把阿旦当自己男人的，三个奂我一个，传出去，我不成了工地上最大的破鞋啦。

鸢耗子道，你这话说得没错，你又不是窑姐。

国香道，可我犯贱呢，他们说了一句话把我气晕了，稀里糊涂就让他们上了身子。

鸢耗子道，什么话你就犯贱了？

国香道，我对他们说，别乱来，阿旦是我男人，他要知道了可饶不了你们。可他们把我的话当作了放屁，他们说，你以为阿旦在乎你？在他眼里，你还不如一只水老鼠呢。

鸢耗子骂了一声，这三个死鬼，把阿旦给卖了。

国香道，一开始我没听明白，他们说，阿旦让他们去逮水老鼠，逮到了就同意他们奂我。他们就去了江边，可连水老鼠的影子也没瞅见。这时候，他们明白过来了，干吗花那个闲工夫，直接来找我不就行了，就找过来了。

鸢耗子道，是挺气人，所以你就犯贱了啊。

国香道,他们把我逼到墙角,都憋得不行,看他们还是大孩子,估摸也没尝过这一口。我没同意,也没死犟,心里在恨阿旦呢,他们就把我扒光了。

蔫耗子道,这三个死鬼,还挺骚的。

国香道,你不骚?不骚自己就流出来了?

蔫耗子脸红了,下意识一摸裤裆,又凉又滑的湿润渗透了布料,类似鱼腥的气味钻进鼻孔。

国香道,他们一开始还有分寸,动作越来越毛糙,乱捅乱撞,杀千刀的,把我整个人撕开了,折腾了一夜,疼得没知觉了,连哭的力气也没了。

蔫耗子道,你怎么不叫呢?得喊救命啊。

国香道,我刚喊了声救命,他们就用枕头把脸蒙住了,差点没把我闷死。让我透气的时候,他们说,要是再嚷嚷,就让我去见阎王,我哪敢再吭一声。

蔫耗子道,这三个死鬼,疯了。

国香道,一直折腾到天亮他们才走,我躺了一会儿,慢慢觉着疼了,那疼真是火烧火燎,一点都碰不得,动一下都跟撒了盐,燎心燎肺。

蔫耗子道,这倒好,还以为他们给蛤蜊精吃了,他们倒在这里快活呢。还有阿旦,偷鸡不成蚀把米,让他们给耍了。

国香道,这个该死的阿旦,看我不把他鸡巴扭下来。

不知什么时候,蔫耗子的眼皮又开始跳起来了。

17

蔫耗子再次见到国香,她已在江边那座小山坡的树林里造起两幢带楼梯的大瓦房。她叼着大烟袋,躺在钟摆一样前后晃悠的摇椅上。不远处,一个吊儿郎当的人物嚼着猪头肉在喝酒。他坐在板凳上,把裤腿卷到膝盖,露出两截汗毛浓密的小腿。木屋里传出的浪笑声和歌舞升平的小调钻进他耳朵,他乜斜一眼国香,把眼光丢向那些没拉严实的窗户,满足地打了个饱嗝。

此刻,蔫耗子刚从后山坡上来,躲在树丛后往这边张望。他不是为了找乐子才来的,而是为了满足一下好奇心。早就听说国香和那个招人嫌的黑杠头合伙开了个窑子。黑杠头充当掌柜的兼打手的头,国香就是老鸨。窑姐们是大地震后从重灾区挑来的,环肥燕瘦,总能让嫖客找到中意的。蔫耗子觉得国香不是块做老鸨的材料,仍有点将信将疑。操皮肉生意毕竟犯法,她国香说到底是个大破鞋,有那么大能耐把一切都捋顺?就过来想瞧个究竟,摇椅上吞云吐雾的国香比过去胖多了,两幢平地而起的大瓦房让他抽了口冷气,国香确实今非昔比,是个大财主了。蔫耗子愣了下神,一个穿制服的警察在窗前探了探头,把大盖帽戴在一个娘们打散了的长发上。蔫耗子目光回到国香身上,像看一个梦一样看了她很久,然后循原路,不缓不急下了坡。

蔫耗子没把去小山坡的事告诉阿旦和刘大牙他们，怕引起他们的奚落和误解。他们一直在设法拖他下水，加入嫖娼的行列。他没理睬，一方面是对女人失去了兴趣，另一方面买春也违背他为人的准则。他宁愿将精力花在种麦子上，开垦荒地，播撒麦种，看幼芽破土而出，等风带来雨丝，幼芽抽成壮苗，绿叶招展，形成碧波荡漾的麦浪，这才是他的最爱。

对于蔫耗子情欲的枯竭，阿旦找出了症结，认为那是九姝的背叛导致的恶果，九姝伤透了蔫耗子的心，使他从本质上对女人产生了敌视与厌恶。对此蔫耗子矢口否认，可无论他承不承认，阿旦认准了就是那么回事，你蔫耗子又不是硬不起来，为什么就不想碰女人了？明摆着，女人成了一道坎，他在这里陷入了迷失。

相比之下，阿旦是个洒脱的人，并未因为刘大牙他们背着他奋翻了国香而恼羞成怒。他当然有一丝不快，表现出来的却是宰相式的宽宏大量。他瞄了眼三个年轻人，他们的表情多少有点破碎，阿旦用避重就轻的方式化解了难堪，水老鼠呢？我还指望它补一补呢。

这句话使三个年轻人找到了台阶，他们像犯错的小孩许诺，保证给阿旦逮一只水老鼠，补一补他过度劳损的鸡巴。

还真的恪守承诺，闲下来就往河漫滩跑。功夫不负有心人，他们终于用一只肥壮的江獭孝敬了阿旦，从而彻底修补了与阿旦的友谊，更重要的是，这次阿旦并未耍什么花腔，他们完全出于心甘情愿。对阿旦来说,这比一只江獭的得失有价值得多。

随着工地人口的增多,工棚里的人开始往外搬,新房子在周边越造越多。阿旦和蔫耗子哥俩外加刘大牙,共同在自然形成的村落里造了间房子。紧贴他们隔壁,赵和尚兄弟也造了一间,五条光棍用竹扦圈了个栅栏,把两间房子连在一起。经过多年磨合,他们仍免不了每天会发生争吵和拌嘴,但毫无疑问,已是情同手足的兄弟。

和工地上绝大部分男人一样,阿旦和刘大牙以及赵和尚兄弟,只要口袋里一有闲钱,就会屁颠屁颠往那小山坡跑。每次回来,都围着蔫耗子添油加醋吹嘘一番,试探着摸他的裤裆,看有没有反应。蔫耗子不躲不闪由着他们闹,知道扭怩反抗他们更来劲,不搭理就会无趣收场。

蔫耗子心里清楚,对女人提不起兴趣根子并不在九姝身上。九姝让他当了乌龟,的确让他不能释怀。可她在地震中死了,一切也就了结了。从内心深处说,他不会因为九姝的死而原宥她的背叛,也不会握着一个亡灵的把柄永远不放手。

蔫耗子虽没亲眼目睹九姝的死,但还是得到了确认。他遇见了当事人,那个为九姝接生的老女人,她也到造桥工地来淘金了,蔫耗子当货郎那会儿经常看见她风风火火地跑着。大家一瞧,就知道哪家又要下崽了。当这个稳婆告知九姝的死讯时,蔫耗子没感到诧异,根据那个长尾巴的女婴的传说,他判断出九妹已命归黄泉。对莴耗子而言,这道谜语并不难解——事件的发生地,九妹分娩的日期,尤其是那只通灵性的狗,莴耗子坚信,只要九妹一息尚存,它就不会离开半步——他甚至还产生了一个莫名其妙的念头,这个念头十分歹毒,他立刻把它否定了,否定的同时啐了自己一口,觉得有点过分了,这样作践九妹。

然而,意识并不会因理智而消失,它在潜伏中择机而动。愈想扼杀,则愈加强大。最后它胜利了,借莴耗子之口向阿旦宣布,我怀疑是狗让九妹怀了孕,要不然怎么会生出长尾巴的女孩?

话语刚落,莴耗子眼睛就瞪圆了,不相信那句话是自己说的,这还叫人话么?他后悔没管住舌头,为了掩饰不安,连忙转移话题道,你那儿还痒么?也别光挠,再挠就出血了。

阿旦并没对那句话表示出足够的关注,他正被阴虱咬得坐立不安,不必说,是在国香的窑子里染上的。阴虱爱待在汗囊里,拽下一根毛凑近看,能发现它攀附在根处,如同一片脱落的皮屑。阿旦痒得不行,又抓又挠,不肯听取莴耗子的建议,把阴毛剃光。

莴耗子眼前浮现出国香被摧残过的伤口般淋漓的阴户,他经常联想起这个景象。那个在摇椅上吞云吐雾的国香,那并不能将前一幕覆盖掉。他对国香怀着敬畏之心,同时最厌恶的也是这个女人。国香麻杆似的光腿弯下来,一对大脚垫在屁股下面，两只向上的脏脚小幅摆动犹如尾巴，整个人就是淫邪的化身。

阿旦把下身挠破了，没别的选择，只能用剃刀把阴毛剃光。他先前不愿这样做，是怕因此失去阳刚之气，成为窑姐们的笑柄。吃了这个哑巴亏，他发誓要把窑姐们的阴毛也剃了。蛮干可能会受到她们的抵制，他准备向国香投诉，让她来实施。她是老鸨，发一个号令，窑姐们就得乖乖就范。

阿旦喜欢国香今天的身份，不但成了窑姐，而且成了窑姐们的头。由于他们有过一段特殊关系，国香始终对他保持着戒心。对强暴过她的刘大牙他们，更是敬而远之。她偶尔也接客，不会是他们四个。另一方面，她也给他们面子，享受嫖资上的优惠。她这么做，肯定并不情愿。她豢养了几个不要命的年轻人看家护院，不过犯不着跟主顾过不去。况且她知道，刘大牙他们也不是省油的灯。和气生财，所以关系还过得去。至少，表面上看是这样。

阿旦把剃下的阴毛拢一拢，放在地上，划亮了火柴，一阵焦糊味过后，他出了门。

18

蔫耗子对麦田的过度迷恋在常人眼中是不可理喻的，大家不否认他是种田高手，可这不是扩张种植范围的理由。自从工地指挥部成立了农业生产小组，鼓励工人们开荒务农，他种田的潜能一下子被发掘了，整天在麦田中忙活，好像找到了人生真谛。连年丰收使他变得十分自信，也会用牛皮哄哄的口吻说话了——

一开始就给我几颗麦粒，现在你们瞧瞧，我的麦田一眼望不到头了。

面色酡红，越说越兴奋，如果给我十年，我能在整个岛上都种满麦子。

听的人好气又好笑，感到他吃错了药，恨不得抽他一记耳光。了解他的人开导道，留点力气吧，这样搞麦子，当然没力气搞女人了。

他傻乎乎接了一句，我对女人没兴趣，只对麦子有兴趣。

虽是实话，却有点歧义，立刻招来了耻笑。他意识到了口误，情绪并未因此受到干扰，沉浸在宏伟蓝图中，对身边的挖苦置若罔闻。需要指出的是，他脸上的幸福不是装出来的，这一点很重要，别人说他病态也好，犯傻也好，只要他的幸福感是真实的，那些冷嘲热讽就是狗屁。

作为本家兄弟，阿旦对莴耗子了解得更透彻一些，所以对这种近乎疯狂的举动采取了放任自流的态度。他认为莴耗子是个可怜的人，悲观的天性造就了他封闭的内心。他对麦子的热爱只是载体，有了这个载体，他埋藏得很深的负罪感就可以得到释放。作为莴耗子最亲密的人，阿旦有理由相信，很多年前那场山谷里的大火并未熄灭，一直在莴耗子灵魂的罅隙里留着火种。虽然再多的麦子也换不回烈焰中的父亲,可对蔫耗子而言,亲手种植出的广袤麦田肯定在某种程度上让他得到了解脱。

阿旦既然能从这个角度来审视蔫耗子,立场必然也是站在蔫耗子一边的。蔫耗子的爹就是他的爹,蔫耗子的罪孽也是他的罪孽。他们俩都是当事者,如果种麦子是赎罪方式,他就没有理由嘲笑兄弟。不但不能嘲笑,相反,在别人奚落讥讽时,还要捍卫兄弟的尊严。他的立场也影响了刘大牙和赵和尚兄弟,他们不明就里,带着率性的盲从,为蔫耗子挺身而出,乃至于后来还参加了他的种麦队。

有了兄弟们的支持,蔫耗子干劲更足了。事实上他成了滩涂上最大的拓荒者,播下麦种的范围绕一圈就得花上大半天。可以想象,等到麦子成熟时那是何等壮观的金黄之海。蔫耗子憧憬着丰收时的图画,口水都快流出来了。

他的幸福突然就到了头,大规模造田引起了地方当局的反感,迫于压力,造桥指挥部决定停止侵权。一纸退耕还地的通告把蔫耗子的梦想击碎了,不但实现不了他的宏图大志,连眼下的成果也保不住。可以想象,要蔫耗子放弃麦田意味着什么,一股热血瞬间灌满他的头颅,他提着一把收割用的大镰就出发了。

造桥指挥部的人闻讯后躲开了,等到蔫耗子冷静下来,和他展开了谈判。这个执拗的种田狂不要经济补偿,只要他的麦田,他一把鼻涕一把眼泪,如丧考妣痛不欲生。

碰到这样的角色，造桥指挥部的人觉得有点挠头，最终与蔫耗子达成了妥协。他们告诉蔫耗子，既然这么喜欢种地，就不要造桥了，当个专职的农民吧。

造桥指挥部之所以许下这个承诺，是因为向辖区行政机关租赁了一块马蹄形的土地。这块土地被打上了界桩，被圈进的农田允许继续耕作，界桩之外的农田则一律废弃，搬出去的人家也勒令限期迁回。

造桥指挥部的建议很对蔫耗子胃口，他停止了哭泣，不知好歹道，给我多少地？由着我性子种，我可以把整个岛都种上麦子。

造桥指挥部不会由他信口雌黄，讲的是眼见为实。虽然对蔫耗子种田的能力有所耳闻，还是想见证一下虚实。

你说种出很多麦子，总得有个证据吧，不能光凭嘴说。

蔫耗子一听正中下怀，炫耀他的麦田是他最乐意干的事，把嘴一撇道，说了半天，怕我没这个能耐啊。行，跟我走一趟吧。

受命去考察蔫耗子丰功伟绩的是两个年轻监理。一个姓白，戴一副眼镜，说话像变声没变好细声细气。另一个姓刘，脸上暴了不少青春痘，说话瓮声瓮气，是个愣头青。他们大学刚毕业分配到工地不久，因为从岛外来，口音与本地土著有明显区别。一路上，蔫耗子又开始吹嘘他的麦田，时值晌午，万里无云，没有毒辣的日头，天气有些干燥。两个年轻监理起先搭几句腔。后来便懒得说话，他们只是奉命巡视,对麦田并没什么兴趣。走在高一脚低一脚的田埂上,脚底板的滋味忒不好受,巴不得早点结束,好回去交差。

蔫耗子没觉出他们的不耐烦,他顾自喋喋不休,讲述着麦子的脾性和驯服它们的办法,他说得头头是道,唾沫横飞,根本没发现那个刘监理在朝自己翻白眼。

蔫耗子的麦田距出发地有相当长一段路,在接近它的过程中,一条河呈现出来。它几乎贴着麦田在流淌,河水清澈,与蓝天互相辉映。蔫耗子高兴道,看见了么,就在前面,绿油油的秧苗,全是我种下的。

两个年轻人踮起脚尖试图看得更远一些,刘监理干脆爬到一棵树上,过了一会儿他下了树,拍了拍蔫耗子的肩膀,你没有吹牛,麦苗一眼望不到头了,我们回去吧。

蔫耗子的失落昭示在苦瓜脸上,难得有人专程来参观他的麦田,使他有机会显摆一回。虚荣心刚被撩拨起来,却提出要打道回府,他浑身不舒坦,若要打个比方,嘴巴已张得与河马相仿,喷嚏却没打出来——被遏抑的气流淤积在鼻腔深处找不到出处——那种难受可想而知。

另一方面,行将被荒弃的麦田就像一个绿色祭坛,奉祀着蔫耗子的汗滴和绝望。他来看它,就是在和它告别。绕行一圈,就是告别的仪式。如果连这一点都做不到,未免太令人神伤。苦楚的情绪又回到蔫耗子脸上,只一瞬间,他的得意就完全失去了。他眺望着麦田,决定阻止两个年轻人离去。无论从道义还是礼节上说,作为造桥指挥部的钦差大臣，他们不能把他的麦田这么不当回事。让蔫耗子苦恼的是，他不能胁迫他们去看麦田，他注意到，那个刘监理已很不耐烦了。

蔫耗子眉梢低垂，欲言又止的模样其实已袒露了心迹，白监理看在眼里，对刘监理道，要不我们过去看看吧，反正已经来了。

蔫耗子感激地看了眼白监理，觉得这个善解人意的年轻人有颗菩萨心肠。

三个人绕着麦田转圈，蔫耗子的神采飞扬再没出现，紧张地赔着笑脸，害怕刘监理又要中途退场。幸运的是，他的担心并未发生，刘监理一声不吭把偌大的麦田走完了。蔫耗子知道是白监理的一句话起了作用，他将心比心道，小刘，我们就把这片麦田看完吧，虽然比较吃力，人家也是一颗颗麦子种出来的，走一圈算不了什么。

白监理的话纯朴在理，刘监理不再说什么，脸上还是绷着，脚步没停下来。

蔫耗子站在田埂上，这是他的骄傲时刻。不管别人怎么看，毕竟靠着自己的两只手种出了那么多麦子。他只要面对这片广袤的麦田，扬眉吐气之感就会油然而生。因为他清楚那些取笑他的人是不可能交出这样一份作业的。他们只会耍嘴皮子，只会往那小山坡上跑，肚皮里绕着花花肠子，守着几畦菜地就心满意足。他们把整天在田里干活的蔫耗子视作怪物，蔫耗子同样也瞧不上他们。每个人都有自己的寄托，对蔫耗子来说，最让他着迷的就是麦子丰收的形势，他心无旁骛，把所有热情倾注在这种纤细的草本植物上。可他种植了它们，却没有主宰它们命运的资格。只能眼睁睁看着它们被抛弃，成为自生自灭的野草。

离开麦田，蔫耗子沮丧极了。一步三回头，在恋恋不舍中告别。两个年轻监理走出去一段路，在斜坡上歇脚。他们的腿都快抽筋了，刘监理干脆躺了下来，双肘交错放在脑后养起神来。有点女相的白监理摘下眼镜，用衣角擦拭镜片上的灰尘。

蔫耗子被自己的分心绊了一下，右颊从树干上擦过。这是河边一棵直冲苍穹的巨木。蔫耗子哎哟一声，仰起了头，茂盛的树冠牵引着他的目光。被遮蔽的光线突出树叶的重围，洒在了河面上。蔫耗子稍一迟疑，觉得眼睛被什么东西带过去了。树上有个黑绰绰的活物，由于离得远，很难甄别是小兽还是收拢翅膀的大鸟。刚要定睛细看，那东西从半空中纵身一跃，恍若千年蟾蜍敲开了河面。几乎同一刹那，难以计数的蜜蜂变成一根类似扫帚星般的尾巴紧随其后。临近河面，这根尾巴避免了继续下坠，在低处盘旋——不排除少量蜜蜂自相轧挤掉入水中，被打湿了翅膀——过了一会儿，蜜蜂群呼啸着飞回巨大的树冠里去了。

蔫耗子目光发怵，不知潜入河底的是什么。他捂着右颊，颧骨好像被磕伤了，酥麻中产生隐痛。一个小女孩用脑袋突然顶开了河面，冲着他喊，你把我的糖弄没了，赔我的糖。

鄢耗子被弄得丈二和尚摸不着头脑，朝两边看，发现没别人，才知道小姑娘在朝自己说话。他问，你说什么，我把你的糖弄没了？

小女孩上了岸，一边走近鄢耗子，一边把身上的油布短褂脱下来。

你还不承认？就是你。小女孩用力拧着衣服，她脸上有块很大的胎记，光着的身体黝黑发亮，像条滑溜溜的贼乌青。她将衣服绞了绞，展开抖了几下，把油布短褂重新穿上了身。

你得赔我的糖。小女孩不依不饶道。

鄢耗子朝斜坡上瞄了眼，白监理也正朝这儿张望。鄢耗子道，我怎么就要赔你的糖了？得找人评评理。

小女孩注意到了斜坡上的人，昂头道，你们是一伙的，刚才还在一起转悠呢。

鄢耗子道，他们是岛外来的大学生，城里人，能跟我这个乡巴佬一伙么？

小女孩想了想，觉得鄢耗子没骗她，那好，找他们评理去。

鄢耗子来到斜坡，他琢磨出小女孩为什么让他赔糖了。不过他想逗逗小女孩，鄢耗子看着白监理道，这个小姑娘说我欠了她的糖，请你来断一回案吧。

白监理把眼镜戴上，望着小女孩，正在打盹的刘监理随手捡了片大树叶把眼睛盖住了。

小女孩道,我在树上找糖吃,刚要动手,他在这个时候大叫一声,我手一抖,糖就没了。

白监理道,树上哪儿来的糖呢?我没听明白。

蔫耗子插嘴道,她说的是蜂蜜,我没猜错吧。

小女孩看了眼蔫耗子,你说蜂蜜也行。

白监理道,你怎么就能吃到你的糖,你拿那些蜜蜂怎么办?

为解开白监理瞳仁里的疑惑,小女孩从腰里扯出一只大布兜,把袋口张开,示范给白监理看。可能是这个话题比较有趣,一旁假寐的刘监理把大树叶拿开了。

小女孩道,趁蜜蜂没察觉,用布兜把窝套住,把袋口扎紧,糖就到手了。

白监理道,蜜蜂多机灵呀,能行么?

小女孩道,手脚要快,让它们飞出来就惨了,不过我从没失过手。

白监理道,那就算被你套住了,怎么吃到你的糖呢?

小女孩道,我把布兜在河里泡一会儿,等蜜蜂淹死了,就能吃到糖了。

刘监理把大树叶又盖在眼睛上,嘴角露出一个笑容,评价道,好一个一锅端。

白监理也乐了,看着蔫耗子道,看样子你真的欠了她的糖,你得赔。

蔫耗子道，我凭什么赔呀，你这个包公偏心眼。

白监理道，你别赖账，人家小姑娘糖明明快到手了，硬让你给搅没了。

蔫耗子捂着右颊道，我脸擦伤了，还欠了她的糖。

小女孩道，你可以找那棵树讨公道，我的糖你得赔。

蔫耗子弯下腰道，你爱吃糖认识我就对了，我们家别的没有，就是糖多，要不你认我做干爹吧，每天都有糖吃。

小女孩道，世上哪有这样便宜的事，用糖就想骗个爹当。

蔫耗子道，小嘴倒不饶人。

小女孩道，你们家真有那么多糖么？没骗人吧。

蔫耗子道，我们家还真的就是糖多，麦芽糖，很甜很甜的，你吃过么？

小女孩道，真的很甜么？

蔫耗子道，甜，比蜂蜜都甜。

小女孩道，那也行，用你的麦芽糖赔我的蜂蜜吧。

蔫耗子道，我可没欠你什么，要吃到麦芽糖，得认我做干爹。

小女孩道，我不会认你做干爹的，只想要回我的糖。

这样你一言我一语上了路，两个年轻监理掸掸屁股上的碎草，也跟上来了。

又走了很长一段，才回到工地。离开造桥指挥部尚是晌午，此刻已是日落西山。蔫耗子风尘仆仆闯进了指挥部，因为下肢酸胀，两个青年监理弯身敲捏着小腿肚。鸢耗子毕竟是干惯农活的人，精力仍比较充沛，得意地对管事的人说，问问他们，我有没有吹牛？

管事的人瞅瞅两个部下，正想问个究竟。鸢耗子衣服被人拽住，回过头去，那个小女孩把他拖到外面去了。

小女孩道，你的麦芽糖呢？

鸢耗子道，那你跟我来吧。

听到背后有人嘟囔道，谁家的孩子，脸上这么大一块胎记。

他回了一句，多管闲事。就带着小女孩去车站找阿旦。

车站离工地指挥部不远，阿旦没事就在那儿摆糖人摊。拐了两个弯，鸢耗子看见了他兄弟，对小姑娘说，你等着，我给你拿糖去。

来到阿旦摊头前，道，你真沉得住气，你哥要杀人了，你还有心思卖糖人。

阿旦手里没歇着，用麦芽糖画一条蛇，他嗤之以鼻道，做了那么多年兄弟，还不了解你，你会杀人？西边还出太阳呢。

鸢耗子道，不拦着我也算了，可你不能对刘大牙他们说，由着他去吧，要是我失手真把人给杀了呢。

阿旦把画好的糖蛇插在麦秸棒上，抬起头道，你一个人去没事，那几个家伙一起去才会出乱子呢。

鸢耗子道，反正你够狠的，看着我要杀人当啥事没有。

说着，拔下那条糖蛇，扭头就走。

阿旦笑一笑，用勺子舀出一些麦芽糖，略带黏稠的液体在光滑的石面上又变成了一条蛇。把它揭下来，重新插在麦秸棒上。

蔫耗子走回到小女孩跟前，把糖蛇递给她，赔你的糖。

小女孩用舌尖舔了舔，咂巴一下嘴唇，又舔了一下。

他们往回走，到了指挥部门外，小女孩在一口井旁坐下来，对蔫耗子道，你有事就进去吧。

蔫耗子道，麦芽糖好吃么？

小女孩不置可否，又去舔那条糖蛇。脚一滑，胳膊歪在井口，把一块石子碰下去了。

小女孩咦了一声，好像被石子落水的声音吓了一跳，似乎要确认什么似的，又拾起一块石子往井里扔，她冲着蔫耗子笑了，用非常肯定的口气道，它不是井，是河眼。

蔫耗子看着小女孩，脸上带着迷惑。

小女孩道，从这儿下去直接就能游到河里了。

蔫耗子道，不听你瞎诌，我要进去了。

说着，转过身走进造桥指挥部，劈头就问，我没吹牛吧？

在他离开的时候，造桥指挥部已统一了看法，准备以他为首，成立一个种麦队。

对蔫耗子来说，这当然是个好消息。他正和造桥指挥部的人聊着细节，那个小女孩靠在门边，神情惺忪而怪异，糖蛇随着她手势转动,她一边舔一边告辞,我是鱼仙,天色晚了,我要回去了。

蔫耗子道,说好做我女儿的呢,怎么走了?

小女孩没搭腔,自言自语道,麦芽糖怎么甜里还带苦味呢?比蜂蜜差远了。

蔫耗子道,真的要走了啊?

匆忙走出门外,只听见扑通一记水声,小女孩不见了。

第三章

19

从麦田中突围出来的鬈毛,站在河边辨别着方向。当她愕然回头,再去看身后的麦田,简直不敢相信是从里面走出来的。她害怕得要死,麦子的气势排山倒海,每一棵表情都那么嚣张。叶子像醉汉的手臂,在东倒西歪中勾肩搭背,在勾肩搭背中东倒西歪,放肆地哼着难听的风中小曲。鬈毛瘦小的身体在抖,她不知道自己是怎么脱险的。

沿着河去找那条小木船,她发现身旁的这条河是如此陌生,似乎是另一条河。要知道在百川恣肆的岛屿,没有姓名的水流稍不小心就会被替换掉,或者吞并掉别的水流。用某一个拐弯,或一个分汊,便可以改变河的曲线。

对鬈毛来说,找不到原来的河后果是严重的,那就意味着也找不到小木船了。她在麦田边徘徊,不知道哪一个方向更接近目的地。她恨死了这片像蓬蒿一样疯狂的野麦子,报复的念头缠绕住了她,她要用一把火将它烧了。她在身上乱摸,看有没有携带火柴,她把口袋翻了个遍,什么都没找到。不过这未能把她难倒,动荡的生活教会了她许多应急的窍门,她有办法得到火种,她在草堆里扒拉出两颗带棱角的石头,开始摩擦,敲打,再摩擦,再敲打。有火星迸出,她增大了掌心里的力量,速度也更快一些,火星掉在枯草堆上,她贴着地面用嘴轻吹,呛人的烟缓缓逸出。她将枯草堆底部挑高,空气的注入使正在升高的温度变成了真正的火焰,她迅速跳离,去撕橘黄色的麦叶,将它们点燃,投掷箭镞般投向了麦田。她累得满头大汗,脸上得意得不得了。不知过了多久,她停了下来,因为火种已显得多余,热浪告诉她,纵火已经成功,火势正从一个小小的范围向两旁转移。鬈毛撒腿就跑,既紧张又兴奋,嗷嗷大叫着离开了燃烧的区域。

跑出去一段路,她脚步放慢了些,使脑袋可以时不时转回来瞅瞅。火势正在往纵深处蔓延,浅灰色的烟柱越来越浓,不断有会飞的活物腾空而起,没有翅膀的小兽只能借助四条腿仓皇出逃。

鬈毛看着麦田,它一时半会儿可烧不完。鬈毛有点狐疑,如此大规模的火灾居然由她缔造。她把双手举起来,正过来反过来看,手掌中有攥紧石头时留下的暗红色血印,她用舌头去舔,疼痛让她皱了皱眉,带棱角的石头早已弄破掌心,她却木知木觉。

鬈毛不知火势会扩张到什么程度,麦田并不是孤立的,与别的长满杂草的荒地并无边界,火势甚至可以借着风力烧到某条窄河的对岸去,顺便把河水煮成一锅热汤。凡是被舔过的地方,将寸草不留,成为灰烬。

鬈毛一脚踩空,差点跌进野沟里。好在她身手灵巧,没把脚给崴了。踏破铁鞋无觅处，得来全不费工夫，她居然看见了那条小木船，以它接近月牙的轮廓在安静地停泊着。她的心激动得要蹦出来了，快步流星往前跑。在这个过程中，她突如其来萌生了心虚，离开了这么久，来福肯定要盘问她去了哪儿。她不想撒谎，准备闭着嘴一个字不说，沉默才是蒙混过关的好方法。以她对来福的了解，除了暴跳如雷吼上几声，拿不出其他惩治她的办法。

鬈毛到了小木船旁，叫了一声，哥哥。等着来福将铁青着的脸从遮篷里探出来，她的呼唤并未得到回应，她提高了音量，又叫了一声，哥哥。遮篷里仍没有动静。鬈毛心想，一定去找她了。便跳到甲板上，脚下一滑，差点栽到河里去。

小木船跟着晃悠起来，鬈毛用四肢撑住甲板，大气不敢出，屁股翘得老高，好不容易才把小木船的平衡稳住。她吓出了一身冷汗，因为不谙水性，来福又不在，栽到河里的后果她心知肚明。她跌坐下来，注意到令脚下打滑的竟是尚未完全凝结的血迹，它像一串褐色念珠，散落并滚进遮篷内。鬈毛啊呀一声，虽不知发生了什么事，预感却告诉她，血迹肯定与以往的袭击有关，来福或许被人暗算了。

鬈毛在小木船上寻找蛛丝马迹，她发现船舱底部有点异样，一整块扁平的木板被掀开了，露出一个斜进的深槽。看得出，那是一个不为人知的机关。鬈毛把脸凑近，忖度着深槽的作用。她在小木船上住了多年，一直没发现这个秘密，从外观看，它完全没有破绽，等于是多了一层船底。毫无疑问，它具备藏匿功能，由于严丝合缝，一点看不出是活络的。

不必多猜，鬈毛就猜到了深槽的作用。渔夫生前保留了这个秘密，死后相当长时间内也没暴露。鬈毛知道，来福对这笔钱耿耿于怀，把船的每个犄角摸了个遍，还是疏漏了这个机关。如今伪装终于被揭开，匿藏物却已被席卷一空。

鬈毛明白，在这个世界上，除了已成亡灵的渔夫，唯一可能知道这个秘密的只有一个人。她来过了。留在甲板上的血迹告诉鬈毛，这里发生过一场殊死搏斗。她看着摇橹上伤疤状的缺口，无助地回过了头。

麦田上火光冲天，恍若不慎陨落的太阳在痛苦翻滚，火球压着麦子和掺杂其间的植株，被消灭的麦子在厄运的奇袭中死去，尚未被点燃的麦子噼里啪啦大声惨叫。恢宏的烟雾化作无数蛇形，扭动着躯体，上升并且阴魂不散。

火焰吸纳着半空中的水分，鬈毛虽远离现场，因为处在下风口，仍能感受到越来越稀薄的空气，口干舌燥产生窒息之感，她只能选择更远的躲避。此刻，来自地心的飓风使火旋了起来，蛇形烟雾开始聚合，变成哈欠连天的巨龙。这条巨龙脱胎于烈火，却比烈火更加狂妄，它长啸一声飞上云端，摆出了凌驾于尘世之上的君王之态。

鬈毛趴在船边，用双手捧了些河水，把嘴埋在掌心里吮了两口，毛糙的喉咙得以湿润。她来到船头，用竹竿撑了下岸堤，准备从飘散的烟雾中逃之夭夭。

用摇橹调拨船头，手上加了把力气，小木船便在她操纵下逐波而行。鬈毛觉得船行进得异常艰难，被逆流顶住的感觉。一定是被什么东西搁住了，就重新趴下来往船下看，这一看不要紧，眼中的景象吓得她魂飞魄散。一只光脚僵直地从船底斜插出来，离开她鼻孔只有张开的虎口那么大，鬈毛看了一眼，就知道是来福的脚。她完全震慑住了，喉头发紧，喊不出声，就像人们常说的急火攻心，几乎昏厥过去。

鬈毛没真正晕倒，只是受到了强烈刺激，在最初的瞬间，眼珠瞪得快要脱离眼眶，嘴巴张开，上腭被恐惧抵住了，难以闭拢。她去捞那只脚，想把来福拉出来，她发现来福和船底粘成了整体，根本拉不出来。握着那只冰冷的脚，因为骨折而弯曲的小腿，脚趾里残留着龌龊。

鬈毛放弃了努力，她没办法使来福离开船底，烟雾呛得她泪水直流，她没其他选择，只有暂时离开，等火熄了之后再回来。她让小木船重新靠了岸，来到遮篷里，整理出必备的生活用品，扎成一只大布包。那张狗皮是不会落下的，她把它扎在了腰间。那只长歪了的野葫芦，她没能找到，其实它已不再用于蓄水，开口处被来福弄得拳头大用来存钱。来福把卖鱼所得塞进去，摇一摇直响，眼睛就变得贼亮。

野葫芦一直藏在板盖下，此刻不翼而飞了。鬈毛眼睛辣得不行，她上了岸。麦田大火烧得正浓，鬈毛辨别了一下风向，朝着未被烟雾侵略的方位跑，她沿着河岸，头顶那只大布包，避开时不时出现的蒺藜，不知要往何处去，也不知何处是归途。

饥饿像生锈的钟在胃里停摆，身体就是这样，每个器官都是那么多余，让人穷于应付——鬈毛眼中噙着泪，身上遍布麦芒留下的又细又长的伤痕，掌心被用来纵火的石头弄破了，更严重的是，她的心在流血，她能感知到薄薄的左胸壁后，血珠配合着脉搏从心的缺口处滴落——神疲力乏的鬈毛双膝一软，猛地醒悟到，她被生活完全抛弃了。

鬈毛看着身前的野草，她叫不出它们的名字，不知它们有没有毒，但她没有选择，丰盛的秋天已经过去，桑葚之类的野果被风吹走了。再过一段时间，绝大部分野草也会凋敝。她扳断了一株草粗壮的主干，乳白色的汁液从横截面往外渗，她张开嘴巴，浓郁的苦味麻痹了舌头。她扔掉手里的草茎，挑选了另一种草，有扁长的短藤，带齿的镶着漂亮黄边的叶子，它的味道比苦更加不堪，居然是臭的，让鬈毛反胃得作呕。

鬈毛就像蛮荒时代的神农氏，尝遍百草，她要求并不高，只要能勉强下咽，填满痉挛的胃囊。她终于如愿以偿，找到一种略有点清香的圆叶草，虽有点苦味，味蕾还能接受。鬈毛摘下它们椭圆的叶子，不假犹豫地塞进口中。她觉得自己成了一只野兔，或者说，她和野兔并无区别，就连一根短短的尾巴都是现成的。

鬈毛看见几个男人在奔跑，气喘吁吁拖泥带水，快用完脚劲和耐力了。待跑得更近一些，鬈毛认出了他们，身着靛蓝色工作服，就是上回跳下河来捉她的那些人。

鬈毛拖着那只大布包，躲到了大树背后。她相信自己没被发现，她是趴在地上爬过去的，可她留下了一个纰漏，居然把那张狗皮给丢了，它原来扎在腰间，不知怎么就脱落了。

那些人快到了，鬈毛听到了短促的喘息声，她已没时间去捡回狗皮。她大气不敢出，担心的事还是发生了，狗皮被一个秃头汉子拎在了手里，鬈毛在大树掩护下探出目光，看见了那个又黑又瘦的男人，他真是自己的爹么？来福是这么对她说的。鬈毛眼泪往肚子里咽，她对这些人一无所知，不敢贸然暴露自己，去求证那人与自己的关系。

秃头汉子手里的狗皮引起了那个男人的注意，他表情错愕，把狗皮夺过去打量，他高声叫了起来，这是我们家那只狗，烧成灰我也认识。千真万确就是我家的狗，它怎么会在这儿？

一个丑陋的长着兔牙的年轻人凑过来，盯着狗皮看，用肯定的口气响应了那个男人，没错，就是你们家那条狗，怪，怪了，它怎么会在这儿呢？

在场的人巡视四周，鬈毛忙把目光缩到树后，状如筛糠，大布包脱离了手臂，啪嗒一声，把树荫全部砸碎了。

她被俘虏了，连挣扎的力气也没有，一股热流自小腹下沉，从双腿间涌出，她轻声嗫嚅了一句，不要，裤裆湿了。

围在身边的人有点发懵,他们认出了这个长尾巴的小女孩,未曾想这个传说中的妖孽竟胆小如鼠,茫然失措的眼神涣散开来,居然小便失禁,一泡急尿弄湿了两根裤管。

畏葸的鬘毛倚在树上,不知会受到什么样的处置,又黑又瘦的男人拿着那张狗皮,对左首一个年纪相仿的男人道,阿旦,你看她像谁?

那个叫阿旦的道,你是说她像九姝吧。

长着兔牙的年轻人道,还真是像。转头问鬘毛,你知道谁是九姝么?

鬘毛摇摇头。

他又问道,这张狗皮是你的么?

鬘毛没吱声,把眼锋避开,其实就是默认了。

又黑又瘦的男人转过身,视野前方火光冲天。他把狗皮搭在肩上,朝燃烧的麦田进发。起初脚步蹒跚,慢慢开始跑起来,同伴们跟着,他们没丢下鬘毛,阿旦捡起了她的大布包,长着兔牙的年轻人攥紧她的手,拖着她一起跑。

潮湿的散发着膻味的裤子贴着下肢又凉又黏,鬘毛弄不清这些人行色匆匆为了哪般,三步并作两步跟着,视线一直没离开那个又黑又瘦的男人,她觉得他的背影填满了悲伤,不用看正面,从佝偻的背影就能感受到他的悲伤。

距离燃烧的麦田越来越近,烟雾呛进鼻孔,这些人没止步,掩鼻继续往前走。鬘毛看见了那只小木船,来自河水的波浪将船底的尸体晃荡出来,来福面门冲下,如同被注入了空气，充盈得与鱼泡仿佛。

严重脱形的来福还是被辨认了出来，长着兔牙的年轻人道，这不就是那天带着你逃跑的男孩么？才过几天怎么就死啦。

泪光在鬌毛眼里闪烁，那个又黑又瘦的男人把头回过来，五官的肌肉犹如在被腌制的过程中，天生的苦瓜脸勉强挤出一丝笑容，鬌毛觉得他狰狞极了，趁长着兔牙的年轻人不注意，甩掉了他的手掌，扭头就跑。迅即，耳畔刮起了风声，是那个秃头汉子截住了去路，一把钳住她头颈，用一个老鹰逮小鸡的动作将她提了回来。

又黑又瘦的男人将狗皮往灌木丛一撂，和阿旦跨到小木船上，把水中的尸体捞起，来福仰在甲板上，脑袋肿得跟撕开的棉鞋似的。鬌毛哇一声，叫得极度凄厉。秃头汉子被震了一下，看一眼小女孩，她悲伤得无以复加的五官错位了。她狠狠咬了一口秃头汉子的臂膊，在龇牙咧嘴的咒骂中，脱离了秃头汉子的手掌，蹦到小木船上，抱住来福，积在心头的委屈化成乌鸦的阵容，哭得遮天蔽地。

挨了咬的秃头汉子揉着臂膊上的牙痕，气得脑门生烟，倘若不是局促的甲板施展不开，他肯定会跳上船，给鬌毛施以拳脚。

那个又黑又瘦的男人看着尸体，自言自语道，昨天我和他还说过话，挺机灵的孩子，怎么一眨眼就不喘气了。

阿旦道，也不知道是谁下的手，从腰眼捅进去的，肠子都滋出来了,够狠的。

悲恸的鬈毛听了这话,把埋在来福胸膛处的面孔抬起来,去看那个致命的窟窿。诚如阿旦所言,来福的肠子不但流出了体外,而且被河水洗白了,缠在一起像个拥挤的蛇窝。鬈毛哭得更厉害了。

风吹来了更浓的烟雾,大家都被呛着了。阿旦道,走吧,火太大了,麦田没救了。

又黑又瘦的男人看着同伙正捂着鼻子准备撤离

又有风刮过来,阿旦道,你快上岸吧。就走开了。

鬈毛眼泪鼻涕一大把,守着甲板上的尸体,又黑又瘦的男人不时用河水撩一把脸,洗刷着烟雾对眼鼻的熏扰。

鬈毛把头抬起来,问道,我哥哥活着的时候,说你是我爹,是这回事么?

又黑又瘦的男人愣了愣,你哥哥没听明白我的话,我说你是我老婆的女儿,我是这么对他说的。

他的话鬈毛显然无法领会,她看着眼前这个男人,冒出这么一句,求求你把狗皮还给我吧。

又黑又瘦的男人道,那是我们家的狗,不过也是你娘的狗,还给你也行。

他的话听上去那么别扭,鬈毛却不思量,她也用河水洗了把脸,说道,那我去拿了。

说着离开小木船,跳上了岸。

又黑又瘦的男人在背后道,我不明白,平白无故怎么就烧起来了呢?

鬈毛从灌木上取下狗皮,烟雾无边无际,她被呛得晕头转向,咳嗽道,我没想让它烧得这么凶,以为烧一会儿就完了。

又黑又瘦的男人咳了几声,问道,你是说这火是你放的?

鬈毛道,我没想让它烧得这么凶。

又黑又瘦的男人像被迎面揍了一拳,神情不对了,他盯着鬈毛看,下巴在打颤,眼神呆滞地看着麦田上的烈火,嘴里念道,造孽啊,造孽啊造孽。

歪着嘴巴哭了,他望着火光冲天的麦田,上了岸,一把夺走鬈毛手里的狗皮,重重推了她一把。他再次跑了起来,不是转身远离烟雾,而是直面着麦田。在某一个坡地,他猛地站住,咳嗽让他驼背如虾,他仿佛看见了什么,他揉了揉眼睛,被瞳仁中的影像所蛊惑。他再次奔跑起来,甩着那张狗皮,大声呼叫,爹,我来了,爹,我来了。

鬈毛吓坏了,不知是什么导致这个男人作出如此反常的举动,她跟着跑了一段,试图劝阻他,幽蓝的火焰在搓揉,把河水映衬得锃亮无比,暗下来的天色如同能将火包住的纸,怎么焚烧也不会化为灰烬。

鬈毛叫道,你干什么?快停下来呀。

她的话根本不起作用,又黑又瘦的男人似乎被魔咒摄去了魂魄,连浓重的烟雾也阻截不了他的步伐。鬈毛扭头去找那几个人，扯着喉咙呼救，快来人呀，你们在哪儿呀。

她的嗓子被熏破了，根本发不出声。或者说，她的喊叫一点不具有穿透力，她是一只哑壳的知了，声音被烟雾吞没了。

那几个人不知到哪儿去了，风没有把正在发生的一幕传递给他们，他们肯定狼狈地站在远处，朝这里观望，等待着从烟雾中显现出来的人影。

鬈毛耳畔仍回响着，爹，我来了，爹，我来了。她好像看见全部的火都扑向那个人，手里的狗皮好似翅膀扑棱棱扇动，他用身体点燃了天空，在最后一刻将狗皮抛上了天空。鬈毛听到他锐利的呼喊，火焰像倒塌的城墙，热浪使他失重，让他越飞越高，比鸟儿还要自由。

鬈毛被烟雾熏倒了，不知过了多久，有人在耳边说话，她睁不开眼睛，听出来正是原先逃开的那些人，他们不知何时返了回来。从他们的言语中，她知道自己死了，有人把手放在她鼻间，没有测到鼻息。放在她左胸，没有摸到心跳。他们说她已经死了，从她身边走开了。鬈毛知道自己还没有死，不过离死确实不远了。她觉得离开这个世界很远，不知道自己还能不能回来。

她终于迷迷糊糊醒来，发现被浸泡在稀烂的泥浆之中。瓢泼大雨将她扑醒，她努力睁开眼睛，天际的轮廓线被苍茫的泽国混淆了边缘，一场来历不明的暴雨，把土地泡软。

鬈毛站起来，觉得足下是深陷的泥浆。她看见小木船由于河水涨溢的缘故，正在自由漂流。水面在扩张中增宽，比涨潮时更无边无际，小木船像长了脑子，到处乱逛，所幸它没长出腿来，不能大步流星离去。

鬈毛是真的经历了一场噩梦，与她相依为命的来福被人杀死了，那个未经证实的爹也丧身火海。她走了几步就跌倒了，她实在太虚弱了，不用任何外力的推搡，自己就把自己推倒了。她努力朝小木船靠近，黏性的泥浆令她步履维艰，她没有气馁，跌倒站起，再跌倒再站起，直到被深褐色的泥浆涂得看不见一丁点皮肤的颜色。胃里不易消化的野草令她直泛酸水，她呕吐了，张大嘴巴，把内脏和胆汁吐得落花流水，直到胃里再无囤积物，腹腔内也空空荡荡，不剩一个器官。这时，她看见了甲板上的来福，雨水解开了他的衣扣，把他洗濯得特别干净，他双手合在小腹上方，虽然丧失了表情，五官却流露出天然的纯真。

20

这是风雨飘摇的河流，鬈毛待在小木船里倾听着绝望，那些无处不在的绝望蕴含在水天之间——遮篷上雨滴的飞溅，孤鸟衔着暮色的滑翔，以及甲板上来福头发的拂动——鬈毛耗干了泪腺，因为烟雾的腐蚀，嗓子已发不出声音，这并未使她添加更多的慌张，要知道，沉默在此刻于她并无损失，她并无说话的必要，也没有说话的对象。若有，也只能对着流水倾诉，她只有一个心愿，希望流水能将小木船带到大江里，好让她用渔家的规矩为来福水葬。

一只遒劲的鹅形大鸟在河面展翅欲飞，它已不具备这个能力了，在冲出麦田时它被火舌舔了一下，只舔了一下，下腹便被烤煳了。它从高处坠落到水中，作垂死前的挣扎。它看见了小木船，扑腾过来，把纤长的脖子搁在甲板上，双目阖拢，将目光遗忘在眼珠之外，头颈一歪，死在了自己的阴影里。

它并未因生命的丧失而立即下沉，随着小木船的微簸时起时伏，这使鬈毛误以为它还活着，所以一直没去惊扰，担心它振翅离去。

鬈毛终于意识到大鸟的死亡，爬过去握住它纤细的头颈，弄到甲板上来。因为饿过了头，胃囊对上苍所赐的果腹之物暂时麻痹，她不急于吃它，百无聊赖地扯着它羽毛，手被羽根处渗出的血搞得淋淋漓漓，大鸟像风筝一样被拆碎了。鬈毛看见一条鱼在水面甩动尾鳍，下意识动了动小拇指，她失望地发现，指头上并没缠上用来遛鱼的细线。往日，每次小木船要启程时，来福会拿鱼钩剜住鱼唇，将细线的另一头缚在她小拇指上。鱼被扔回水中，来福开始摇橹，鱼无奈而忧伤地游动，鬈毛像遛狗似的遛它，这是打发寂寞的乐趣。粼粼波光中，若隐若现的鱼脊如同孤独的银色鞭子，将河水抽打出瞬间复原的透明伤痕。

小木船漫无目的地漂浮，不小心撞在一截从堤岸斜插过来的树桩上,正在走神的鬏毛失去控制,差点栽进河里,大鸟从她掌心脱落了,化作一个漩涡沉入了河底。鬏毛眼睁睁看着它消失,来福的尸体也偏离了位置,险些滑入水中。为避免重蹈大鸟的覆辙,鬏毛把来福拖到了遮篷内,她累得眼冒金星,虚汗从后背直达指尖。忽然用手捂住嘴,把掌心摊开,一颗牙齿展现出来。她开始换牙了,这是第一颗,然后会有第二颗,牙床上渐次生成的恒牙会将乳牙全部替换掉,使她从儿童向少年过渡,直至脱胎换骨,长出乳房和青春期的胯部。此乃后话,而眼下,风雨飘摇的河流中,她仍是一个女童,一个被生活遗弃的卑微乞儿。

大鸟的得而复失让鬏毛懊丧不已,她在尸体旁躺下来,学来福的样,把小手搁在肚皮上,那颗脱落的乳牙被小心翼翼地放在额头。她握住来福冰凉的右手,小木船在风雨中随波逐流,鬏毛感到快死了,她一点不紧张,也没有怅然若失,她似乎已准备好成为来福的殉葬。更准确地说,她处于一种谵妄状态,一连串打击令她感到人生极不真实,她一脚踏入了幻境,额头有罅隙裂开,乳牙掉进了脑壳,另一个鬏毛跑出来,悬浮在半空,与她形同虚构的面容互为镜像。

不知过了多久,那只消失在水中的鹅形大鸟飞了起来,水滴从羽毛间抖落到鬏毛脸上。鬏毛从遮篷探出头,四面笼罩在水天一色的浩淼里,雾霭吸附着一望无垠的涛声,小木船已是凋零在江面上的枯枝败叶,鬏毛看见船头站着一个人,那是来福在卖力摇橹的背影,躺在她身边的来福纹丝不动,右手仍被她攥着。鬈毛一激灵,魂魄出窍的恐惧扫荡了她,即使做好了赴死的准备,真的面对了亡灵,她的意志还是溃败了。她扔掉来福的右手,听到耳朵里的齿磕声,肌肉在血液里的融化声,还有骨骼稀里哗啦的坍塌声。

在雾霭底部,乌云般怒放的黑浪上,一个似曾相识的人质问船头的来福,你还认识我么?

来者不是别人,正是泥鳅一样滑溜溜的老渔夫,他深刻的皱纹和银灰色的头发一如往昔。由于背着沉重的石头,他直不起腰来,脚上密密匝匝的与绳子仿佛的水草,使他的站立摇摇欲坠。未等来福回答,他继续道,快过来帮我解开这些该死的水草。

来福摇橹的动作稍嫌迟钝,显然他对老渔夫的显形感到遽然,他弯腰把渔叉举起。未等他攻击,渔夫施展了法术,他只是张开嘴巴,巨浪就从口腔深处喷涌而出,目瞪口呆的鬈毛来不及挪动,就被湍急的水柱掀翻了,小木船也被高高抛起,笔直地插入了江中。鬈毛四肢乱舞,她下沉的速度太快了,恐惧在张开的手掌中放大。关键时刻,某块椭圆形木头成了救命稻草,她抓得很紧,指尖将木头掐出深痕。下一波巨浪来了,被扔出水面的她并未因此松开手掌,她受到挤压的躯壳有点变形,手掌仍死死抓住木头。对大江来说,她只是一根抛物线上的黑点,与已被卷入江底的来福毫无区别。呛人的江水从七窍灌进去,囤积在腹腔里,她抓住木头,求生的欲望和意志无关,而是源自原始的本能。她完全不谙水性，更可怕的是，元神并不在她颅内，她既是活着的亡灵，也是死去的别人。

小木船被浪头打烂了，鬈毛抓住那块椭圆形木头，搂着它漂在水面上。而另一个鬈毛正东张西望找寻着渔夫和来福，苍茫的视野中，早已不见他们的踪迹。此刻，雾霭穿越涌动的潮水，逶迤着伸向无始无终的天尽头，鬈毛搂着木头，浮沉在湾流里。

一股巨大的力量将鬈毛往下拽，她的下肢像鱼尾甩开，恶心的饱嗝从嘴巴里反刍出来，吐出一些江水，但她没掌握好吐气的方法，把另一些江水又吞进了肚皮。浪打在她脸部，如同肮脏的头巾从肩头披过去，她呼吸困难，觉得空气再也进不到喉咙里。她颈部以上露出了水面，肮脏的泡沫、黏液和冻胶状物质靠过来，她一点知觉也没有，因为快冻僵了，不是在抱着椭圆形木头，而是被木头控制住了。

鬈毛看见了来福，他的脚下也有黑浪，形同绳子的水草紧紧缠住了他的双足，一块沉重的石头压得他直不起腰来。不必说，老渔夫用魔法把累赘挪移给了他。鬈毛想解救来福，可她自身难保，又如何给予别人帮助。这是一个值得怀疑的黉夜，月亮犹如发亮的木梳在嘎吱作响，鬈毛睁开眼，发现置身于一个蛏子般细长的小岛上，目光中既没有受难的来福，也没有还魂的渔夫。承载她入江她的唯一遗物是那块椭圆形木头，她搂着它，因为失去了水的浮力，木头将手臂压住了，她并未立刻抽出来。

她判断着自身的处境，这个神话般奇异的小岛曾有所耳闻，很多年以前它拯救过一次渔夫。眼下它又诡秘地出现了。饥寒交迫中的鬈毛在倾斜中平衡着姿势，她心脏扑咚扑咚乱跳，皮肤的创伤蔓延着火烧火燎的痛楚，她攀着小岛外沿，慢慢腾出一只手，趴着纹丝不动，任由肉体承受着江水的侵蚀。解放出来的手伸到腹股沟，那儿有一块黏糊糊的东西，顺着传说中的思路，她猜到了那是什么。内脏的抽搐令江水和胃酸从嘴里喷出来，她的身边，阴翳的波浪层层叠叠，酝酿着潮汐。

鬈毛匍匐着，警惕地触摸那块黏糊糊的东西，它估摸有巨蚌大，非常厚实，具有紧张的手感，无法把它抓紧，过了一会儿，就从指缝间滑开了。

天照旧下着雨，老渔夫再次出现，背对着坐在小岛另一侧，与鬈毛近在咫尺。当他把头转过来，鬈毛并没有一眼认出他，她真的不认识这个人，轮廓与老渔夫酷肖，面容也与老渔夫酷肖，却那么年轻，鬈毛明白过来了，他不是别人，正是青年时代的渔夫，他驾驭着光阴，挣脱了时间的桎梏，过来跟她说话。

喂，鬈毛，你肯定在想它是不是吃了就不再饿肚子的太岁？没错，就是太岁。

鬈毛没搭腔，弓成了一只虾，放开了椭圆形木头，用双手来采集太岁。在一低头的凝视中，传说中的神物映入了眼睑，像一堆垄间龇牙咧嘴的牛粪，丑陋得令人作呕。鬈毛用手指一戳，它凹陷了一个小坑，有一些弹性从指尖漏出去，小女孩把屁股撅高，世界随着颠倒的目光变得倾斜，她的两侧，滚动的江水缠住了发梢。她一激灵，才意识到了自己一丝不挂，用来蔽体的衣裤被雨注和浪花剥了个精光。她的五官在战栗中浮现在面庞，她去望老渔夫，他不在黑浪上，重新被时间带走了。

她把屁股更高地撅起来，舌头在太岁上舔了一下，然后将整个面部贴紧它。她推了推太岁，它像扎了根难以撼动。鬈毛的舌头没有停下来，她的牙齿，她的唾液，她亦真亦幻的吞噬，在异常鲜美的咀嚼中，她陷入昏迷——她身轻如燕，一条不知名的长着利齿的鱼叼住她的尾巴，波浪挤压着波浪，蛏子般细长的小岛摇摆起来，把黑暗朝四周撕开，仿佛一叶孤舟奋力划行。太岁塞满了鬈毛的喉咙，她快被憋死了。

那条长着利齿的鱼咬断了鬈毛的半截尾巴，胸鳍一摆，游到峭壁那么深的江底去了。

剧烈而尖锐的疼痛让鬈毛元神归来，她去摸尾椎处的伤口，少量的血在掌心化开。一种不适的饱胀感要破胃而出。蛏子般细长的小岛载着她移动，她紧张得无以复加，将幸未漂走的椭圆形木头搂在怀里。晕眩在恐惧中朝她扮着鬼脸，她闭上眼，恶心从体内泛起。她开始呕吐，可除了酸水之外，什么都没吐出来。当她重新张开眼，已脱离了危险，蛏子般细长的小岛来到了河漫滩上。鬈毛站了起来，她讶异地意识到，寒意从身上消失了。她肯定死过了一回，死亡让她获得了新生，她精力充沛，丝毫没有饥饿之感。她发现拯救自己的并不是什么会行走的岛屿，而是一只硕大无朋的龟王，不知它活了多少年，身上沾满贝壳和淤泥，它四肢缩入甲壳一动不动，俨如战盔的龟板上留着一个残洞，寄生太岁的地方渗出黏稠的血迹。

鬈毛面向大江，雨已停歇，最初的太阳正在升起，在天际的另一端，皎洁的月亮薄如剪纸。

21

裸露在晨曦中的鬈毛在河漫滩上奔跑，周身洋溢着大难不死后充沛的体能，掉了一半的尾巴挂着一粒混合着脓水的血珠，凝在伤处准备结成软痂。

跑了一程，远处有一座矮山依稀的轮廓，她赤脚而行，不时看见人影浮现，她害怕暴露，被发现之前岔开一步，躲到岩石或芦苇后面。她赤条条什么都没穿，大江卷走了小木船，把她的所有一并卷走。可怜的小女孩携带着躯壳渐行渐远，她来到某条河的拐弯处，那儿有个集聚垃圾的死角，涨潮时河水把乱七八糟的东西冲进来，退潮时又带走一些——鱼尸、残羽、枯枝败叶，还有人的遗弃物——散发出难闻的臭气。

鬈毛找来一根芦苇，蹲在河边，在漂浮物里挑拨出一件靛蓝色上衣。看上去成色还不算太旧，是那种老太婆穿的用襻纽的对襟土布褂子。它来历不明，不能排除原来的主人已命归黄泉。鬈毛心中并无禁忌，事实上，这样一件衣服是她最迫切得到的。她费了好大劲打捞上来，绞干水分，匆忙穿上了身。褂子对她来说太大了，长及脚踝，她扣好襻纽，用细软的枯草编了根绳子，系在腰间。

河面便浮现出一个袖珍巫婆，把袖子折了三道。

鬈毛宁愿让潮湿的土布吸在皮肤上，用体温把衣服焐干，也不愿让别人看见裸体，这基于两层考虑，首先是为捍卫小女孩基本的羞耻心，更重要的是，得藏好掉了半截的尾巴，她知道，再也没人可以保护她，她不想招惹谁，也谁都招惹不起。

刚刚过去的一天对鬈毛来说，无疑是永恒的噩梦。她听见死神对亡灵发号施令，命令它们围着她起舞，虽然看不见死神本尊，但她相信它就伫立在昼与夜的堤岸旁，握着镶有骷髅的权杖。

鬈毛不能确定自己是否还活着，至少不能确定是否还像过去那样活着。死神对她的遗漏并未让她心怀感激，恰恰相反，她将自己视为一个行走在人间的鬼魂。经过地狱般备受煎熬的磨难，疼痛予她不过是隔靴搔痒，相对于肉体的创伤，孤零令她更深地陷落于绝望。面对灾祸的集束袭击，她无力甄别是命运的戏弄还是天意的惩戒。

鬈毛在野地与河流之间游荡，到了第三天，当她在某个池塘旁被蛙声吵醒时，猛地醒悟到自脱险后再也没吃过任何东西，在产生疑惑的同时，她居然还打了两个响亮的饱嗝。鬈毛虽是蒙昧的孤儿，却明白这件事意味着什么。太岁并非人们信口雌黄的杜撰，神效在自己身上灵验了。从此以后，她将再无断炊之虞。她不敢相信，如此奇迹真的降临到了自己身上。又过了数日，她仍颗粒未进却饿意皆无，除此之外，她还获得了另一个馈赠，不再畏惧寒冷，她光着脚丫，时不时打着饱嗝，每天还有少量排泄，粪便黄中带灰，与常人并无差别。

鬈毛寻找那片被她付之一炬的麦田，它肯定已不复存在了，但会有一眼望不到头的灰烬。她四处乱转，始终没撞见一幅遭到过烈火蹂躏的土地。

现实愚弄了鬈毛，在百无聊赖的游荡中，她非但没找到光秃秃的麦田遗址，反而第二次被麦田淹没了，她误入了一片庄稼地，踩坏了一个瓜棚，附近传来了叫骂声，她惊慌地跑起来，泥巴从脚掌下飞溅出来，她对庄稼的破坏在奔跑中迅速扩大，她掠过菜地，又踩坏了一个瓜棚，随着身后咒骂声的逼近，一头扎进了茂盛的玉米地，她的双手撕开比她高出许多的秆子，不合身的褂子羁绊了她的行动，她几乎要被逮住了，麦田就是在这时出现的，她不假思索地闯入排山倒海的麦浪里，如同石沉大海，转眼就成了麦田的一部分，丧失了目标的追逐者，在外面徒劳地嚷嚷。

鬈毛在麦腥气里抱头鼠窜，麦叶和穗缨粘在臂颈上，尖硬的芒刺将皮肤拉出又细又长的伤痕。好像那片该死的麦田复活了，引诱她回到那个迷失的夜晚。鬈毛仰望天穹，觉得这次再也走不出去了。她后悔了逃跑，如果预知在麦田中重蹈覆辙，她宁愿束手就擒，被揍得遍体鳞伤也在所不惜。

鬈毛定下神来，瞅着东倒西歪的麦子，双膝折叠，准备循原来的脚印摸出去，这个想法从逻辑上说不失合理，可并无实现的依据。她闯入麦田时是胡乱狂奔，率先踩到的是麦茎而非泥土，她足下蜻蜓点水，着力点留不下完整的脚印。鬈毛尝试退了几步，发现根本找不到出路。

小女孩把腰直了起来，眼神里一丝光泽也没有。她脚步拖泥带水，对麦田的迷宫何时打开，心里没有一点底。一切只能听天由命，而那些被惊扰的麻雀却飞得比天空还要辽阔，让她觉得自己连只鸟儿都不如。

走走停停，有时候直觉告诉她快要突出重围了，因为麦子突然变少了，她加快步伐，发现不过是误判。麦子的稀稀落落绝非抵达麦田边缘的征兆。事实上，这种情况每隔一段就会出现一次，叫她空欢喜一场。鬈毛的信心与麦田的疏密此消彼长，麦子在她眼中早已不是笨头笨脑的植株，而是不共戴天的死敌。它们正合伙谋害她，用气势勒紧她脖子，要让她死无葬身之地。

鬈毛心里骂道，去死吧，你们这些杀千刀的麦子。她横下心，要再造一把火和麦田同归于尽，她埋头翻找带棱角的石头，那样的石头更容易砸出火星。很快她找到了一块，准备再去找第二块时，一阵劈里啪啦的响声吓了她一跳，下意识一抬头，一枚高升炮在空中皮开肉绽，紧接着，一枚又一枚爆竹上了天，前仆后继，用粉身碎骨换来两记巨响。背景中，劈里啪啦不绝于耳，毋庸置疑，是被点燃的小炮仗。伴着一瓣瓣凋零，弥漫的硫磺味钻进了鼻孔。她扔掉了石头，这次是真的抵达了麦田边缘。她迎着爆炸声响起的方位跑去，地势往上倾斜，来到一座小山坡前。她跑了一小段路，进入一片树林，她躲到灌木丛后面，百米之外立着两幢有楼梯的大瓦房，房前有块空地，摆开了宴席。现场喜庆的气氛告诉她，是一场正在操办的婚礼。她注意到一个浓妆女人，头上插满猩红色的野花，在露天摆放的酒席中来回穿梭，一个穿着赭色上装的男人跟着她，胸前佩着朵猩红色的野花，不必猜，他们正是婚礼的主角。

　　来客们在鞭炮声中渐次落座，许多花红柳绿的姑娘也入了席。那个头上插花的女人酒量惊人，以人尽可夫的姿态，狎昵地与每个男人喝上一杯交杯酒。鬈毛被她豪爽的气概弄得犯晕，嘴里嘀咕真不要脸，心里却佩服得要死，她不明白这个不再年轻的女人为什么如此嚣张，恰如一条风骚的母狗，控制了发情的春天。那些跟着起哄的男人夸张地配合着她的挑逗，逗得姑娘们花枝乱颤，笑得不成人形。

　　鬈毛望着头上插花的女人，眼珠一刻不想移开，在小女孩记忆中，从没遇见过活得这么游刃有余的女人。她对头上插花的女人倾注了浓厚的兴趣，同时也产生了莫名其妙的怨恨。她从树后探出一点脑袋，忽然涌起一股冲动，想跑到头上插花的女人跟前，左右开弓扇她两个嘴巴。她当然不敢，刚转过这个念头，手心就紧张得攥出了汗。可另一方面，头上插花的女人如鱼得水的样子看得她如痴如醉，麦田带给她的惶恐感被转移了，对麦子的敌意也随之烟消云散。她的不安分在眼锋中稍纵即逝，凝固的惆怅堆在嘴角，她爱死头上插花的女人那副臭不要脸的嘴脸了。

小女孩头皮痒得厉害，她挠着鸡窝状的头发，下了山坡，一座独木桥旁有块青石板，她蹲在上面，把脑袋浸在河里，已是秋冬交汇，清澈的河水把纠缠的头发打开了，冷意拎起了她的肌肉，流水把肩头的一个哆嗦带走。

鬈毛从没剪过发，导致它生长放缓，由于是天然卷，弯曲使之看上去要短一些，但仍拖到了腰部以下。鬈毛平时都盘着，因为有足够的长度，不用借助固定物，只消打两个死结，就不再是累赘。

骤然间，山坡脚下传来了呼喊，麦子烧起来了。麦子烧起来了。

鬈毛把头发从水里拔了出来，踮起脚尖张望。她没看见真正的火焰，看见了一根孤直的青烟。她知道用不了多久，火就会以燎原之势把麦田舔个精光。小女孩虽不懂宿命，意识深处有个声音向她灌输，麦田的焚烧缘于她先前的诅咒。小女孩排斥着这个念头，她可不想成为真正的鬼魂。她捋着头发里的水，自我辩白道，放了那么多高炮，掉在麦田里，不烧起来才怪呢。

庄稼地里的种田人停止了耕作，一边呼救一边挥舞锄具跑去灭火。参加婚礼的人听到求援声，跑下了小山坡，他们把装水的容器都找了来，有提水桶的，有端脸盆的，头上插花的女人指挥着宾客，采用手手相传的方式，将河里的水尽快浇到越烧越旺的麦子上。

一切已于事无补，容器里泼出的浪花相比火焰来说只是杯水车薪。火势在风的助纣为虐下失控了，扑面而来的热浪让救火的队伍节节后退，很快就溃不成军。

头上插花的女人在河堤旁东奔西跑，猩红色的野花从头上落下，她带着哭腔的呼喊飘进了鬈毛的耳朵里——

风神爷爷求，求你掉个头吧，别叫火烧，烧过来，我国香置下这点儿家，家当不容易呀。

鬈毛在不为人知的树荫下冷眼旁观，她有点好笑。根据她的判断，风并没往小山坡方向吹，鬈毛不喜欢那个自称国香的女人乱了套的样子，口齿都不利落了，变成了一句话要大卸八块的结巴。和婚礼上那个放浪形骸的骚娘们比起来，简直换了个人。鬈毛倒是觉得国香这个名字不错，叫起来很好听。小女孩轻声念叨了两遍国香国香，注意到有人在朝这边张望，她一扭头，钻进浓郁的树林里去了。

厚实的落叶在脚下沙沙作响，倒挂在树上的蝙蝠乱撞乱舞。小女孩凝神屏气，蹲下来倾听，危险的脚步声并未尾随而至，她长吁一口气，按住胸口，觉得自己紧张过了头，是一只不折不扣的惊弓之鸟。

树林是声音的屏障,外部的喧哗随着鬈毛行踪的深入而归于静谧,她坐在一截倒伏的枯枝干上,斜对面凹着一块猫耳状的池塘,小女孩用泥巴击溃了它。这个动作泄露了她的空虚,她用舌尖顶一下上腭,又有一颗牙齿正欲离去。她将脏手指探进口腔,一狠心将它碰翻,少量咸涩的血渗了出来,被她和着唾液咽进了喉咙。

鬈毛捏着牙齿,仔细凝视,像在凝视过去的时光,她对牙齿的主人充满鄙夷,弄不懂她为什么那么惊慌,为什么那么贪生怕死。她把屁股挪到地上,背靠着枯枝干,眼睛虚掩着,手在丧失了水分的落叶里一抓一放。泪水顺着脸庞流了下来,她涣散的目光凝聚到一个目标上,眼睛瞪圆了。

树冠下的光线若明若暗,植物斑驳的色彩涂在池塘上,试图要掩盖掉一颗肿胀的人头,它与悬浮的水萍长在一起,若不留意很难被发现。人头已高度腐烂,说明离开躯体有了相当长时间。鬈毛只瞟了一眼,就认出了是谁。死者脸上特殊的胎记明白无误地告诉鬈毛,酱油痣死了,死得很惨,头被剁了下来,连全尸都没留下。

鬈毛对酱油痣怀着复杂的情愫,她们之间纠缠着说不清道不明的恩怨。严重一点说,酱油痣是蛰伏在她灵魂里的一个阴影。反之,她的存在也构成了酱油痣的不安。她们各自隐匿在暗处,赠予对方压抑。虽然难以预测不期而遇的方式,却始终惦记着对方。她们彼此又在明处,自己恫吓着自己,时刻保留着防备之心。

眼下,一切突然了结。对鬈毛来说,酱油癞的死意味着暗藏的危险消失了,可她丝毫不觉得欣喜,相反,她难过极了。不由想起刚认识酱油癞时的情景,想起了她对自己的热情洋溢。

鬈毛无法面对眼前这一幕,对酱油癞的生命以如此悲惨的方式谢幕,产生了兔死狐悲的哀伤。

鬈毛流下了泪水,与刚才惆怅的泪水不同,这一回她哭得更加陶醉。她为酱油癞的早夭而哭,为命运的不公而哭,为接踵而至的噩耗而哭,也为叵测的明天而哭。

鬈毛把酱油癞的人头捞出来,埋在池塘旁的草丛里,堆了个小小的坟。她走开了,在树林里转悠,时不时擦一下泪花。

地势开始往下,到了小山坡的另一面,从这里朝着正前方眺望,她看见了大江,还有那些柱形的桥墩,它们像一根根没有旗幡的旗杆插在沙砾般粗粝的泥土上,围绕着它们的是火柴盒般连起来的一排排宿舍。鬈毛心想,这肯定就是号称要将岛屿和外界连接起来的造桥工地了。虽对这座轮廓尚不清晰的大桥有所耳闻,眼前的景象仍让她震撼,桥墩的数量和高度告诉她,这将是一座无与伦比的大桥,恢宏程度远远超出了她的想象力。

鬈毛不知大桥何时才能竣工,以工程量来看,想必也是猴年马月的事了。鬈毛茕茕站立,视野的开阔让她舒了一口气,些许微笑在嘴角昙花一现,她开始盘头发,除了缓慢的手势,身体别的部位一动不动,她重新被深重的辛酸掳获了。

22

侥幸从大江里捡回性命的鬈毛,失去了包括小木船在内的所有东西。在短暂飘零之后,成了小山坡上的隐秘居民。

日子的乏味可想而知,对鬈毛来说,根本不存在时间这个概念。她一点都不计较光阴流逝,时间对她来说,只是必须背负的包袱,她是一具不知从哪里来也不知往哪里去的行尸走肉。

鬈毛疑惑的是,为什么在遭遇了那么多惨剧之后,在见证了接二连三的死亡之后,自己依然活着。表面上看,死亡给了她豁免权,把生存的机会犒赏给她,可这种恩典一文不值,剥夺所有的快乐,徒留下一条性命,又有什么意义。从另一个角度说,它又印证了生活的合理性,给予你的必须承受,对象的性别年龄时代背景均无关紧要。这是命运残酷的一面,又何尝不是生动的一面。它具有掌控一切的特权,行使着分身术,附在每个人的身上,让他们看上去既是自己的主人,却又洞悉不了自己的未来。

鬈毛在树林里找到一个可供挡风避雨的山洞,它裸露在一棵老树底部,严格说只是一个竖着的土坑。在矮小的鬈毛看来,却是合适的栖身之所。她知道这是动物巢穴,经过观察,一只狐狸在洞口东张西望,鬈毛可以用树枝直捣黄龙,让狐狸放弃这块地盘。小女孩只想智取不想硬攻,她愿意花一点时间。她用枯草现编了一根很长的绳子,悬在老树枝头,然后在山洞出入口用树枝和韧性很好的藤条搭了个绊脚器。绳子一端扎在绊脚器上面,打了个可以抽拉的圈套。鬈毛守在不远处,手执绳子另一端等待好戏开场。狐狸出来觅食了,刚碰到绊脚器,绳子的活结就在藤条的反弹中倏地收紧,狐狸的后右爪被套住,鬈毛用力把枝头的绳子往下拽,狐狸脱离了地面,鬈毛飞快地将绳子在另一棵树上系好。她跑过来,望着半空中的狐狸。这只可怜的畜牲头冲下如同一张兽皮被拉长了,它嗷嗷乱叫,绝望的眼睛里流露出凶光。临近黄昏,当鬈毛从山洞里探出头来,它的眼睛已成了固体的琥珀,舌头几乎要拖到地上。

那两幢有楼梯的大瓦房离开山洞不远,小女孩之所以留在小山坡上,一个重要因素是对那个叫国香的女人贼心不死。

借着树丛的掩护偷窥着国香,国香身上的傲慢迷住了鬈毛,这个风骚的女人对谁都摆出一副颐指气使的架势,那些住在大瓦房里的姑娘看见她等于耗子撞上了猫,国香躺在钟摆一样前后晃悠的摇椅上,叼着大烟袋,在吞云吐雾中把脚跷得老高。

男人们络绎不绝从树林外进来,嬉皮笑脸地和国香打招呼。国香冷漠地弹弹烟灰，喊出一个姑娘的名字，被叫者就从窗户探出头来。男人朝国香谄媚一笑，屁颠屁颠跑过去了。

鬈毛很快明白了国香干的是什么营生，也明白了她神气活现的原因。回想起麦田起火时国香向风神讨饶的样子，嘴角不禁浮起了嘲讽。幸好风没朝小山坡刮过来，要不然大火会把两间大瓦房烧成残垣断壁，窑姐们会离国香而去，她吆五喝六的底气也就没有了。

国香旁边那个吊儿郎当的男人，卷着裤腿一直在喝酒。他正是那天婚礼上的新郎，也就是国香的丈夫。他活着的首要任务就是把自己灌醉，身边围着五六条彪形大汉，是豢养的打手，用来维持窑子的秩序。

在常来的嫖客中，鬈毛认出了几张熟悉的面孔。看到他们，她就想起那个奔向火海的又黑又瘦的男人，他真是自己的爹么？小女孩努力回忆他的模样，除了依稀的轮廓，想不起他具体的长相了。

那几张面孔往往同时出现，鬈毛对他们心存顾忌，她遭到过两次追捕，一次逃脱，另一次被擒。她不知道他们的敌意从何而来，有个暗示在警告她，不能再次落入他们之手。

他们一共四个人，鬈毛记得那个年长的叫阿旦，剩下三个年轻些的不知怎么称呼。他们结伴而来，早把窑姐们轮了个遍。鬈毛注意到，国香对待他们的态度要谦恭一些，他们并不寻衅滋事，也没把国香两口子和那几个打手太当回事。

和别的嫖客一样,每人点上一个窑姐,走进各自的房间。谁先忙活完谁先回到空地上,国香的表情是一把收拢的伞,对他们揣着戒心。

从鬈毛观察的方位望出去,来往的各色人等尽收眼底。从装束言行可以判断,他们大多是造桥工地的人。小女孩有时会被更大的好奇心所诱惑,抄到大瓦房后窗去看究竟发生了什么。这样做无疑增加了暴露的危险性,需要选择好时机,一溜烟奔过去,松鼠一样爬上树。如果运气好,她可以近在咫尺地目睹男女交媾的场面。蒙昧初开的她抱着树枝,加速的心跳中有一只狡兔在狂奔。她带着憎恶沉迷于这种偷窥,冒险的次数明显增多了。

当然,鬈毛并未把全部时间花在国香这边,也会离开小山坡,去造桥工地打发寂寥。造桥工地已具备了社区雏形,围绕着大桥建设,小商小贩从四面八方蜂拥至此,准备从这项岛上最大的工程中捞点油水。经过若干年发展,环抱着长途汽车站自发形成的集市已颇具规模。人丁繁众的喧闹里,鬈毛只是不起眼的小要饭花子,没人愿意多看她一眼,也没人知道她就是那个大名鼎鼎的长尾巴的孽障。她倒是能从川流不息的过客中辨认出似曾相识的男人,他们并不认识她,她却知道对方底细,说不定还见识过他欲望横流的裸体。

朝潮而出,夕汐而返,鬈毛消磨着不知何时才是尽头的孤独,她对国香越来越看不顺眼,对胃囊里的太岁也产生了怨恨,她再也不用觅食了,对饥饿的紧张感遗失殆尽。原本至少有件事能让她担忧，莫名其妙的饱胀让她失去了这种担忧。鬈毛恨不能把肚皮剖开，挖出太岁，哪怕跟獾狗一样整天为觅食焦虑，也比彻底的游手好闲来得强。鬈毛在自我嫌弃中度日如年，想要来点刺激填补空虚，她准备找个人过不去，不必说，最合心意的人选正是国香。鬈毛对这个风骚的女人有天然的亲近感，特别爱看她那副牛皮哄哄的嘴脸。如果必须要将恶作剧施加于一个对象，只有国香才值得戏弄，值得她耍耍心机。

鬈毛想让国香寝食不安，身陷恐慌的囹圄，扎准国香的痛处并不难，麦田火灾时她的表现已暴露了软档。

鬈毛首先伪装了声音，她不想让别人听出是一个稚嫩的童声。夜深了，房里的灯火都灭了，鬈毛接近了国香的房间，捏住鼻子，丹田深处提了口气，她的嗓音在瓦片般的沉寂里清脆而具有穿透力——

着火啦。

接下来的骚乱与预计中大致吻合，大瓦房内炸开了，鬼哭狼嚎的声音由此及彼。人们从房间里奔出来，站在空地上寻找火光。鬈毛在树上观望，开心极了，她并未假戏真做，去纵一把火，她又跟国香没仇，不想给她造成真正的损失。

国香双手叉在腰间，让打手们去查究竟哪儿发生了燃烧。那些沮丧的嫖客和惊魂不定的窑姐光顾了逃命，有的从楼上跳下扭了脚踝，有的连裤衩都来不及套上，双腿夹紧狼狈得要死，鬈毛强忍住没笑出声，得意地扮了个鬼脸。

过了段时间，鬈毛又将这出戏如法炮制了一回。诚如她所料，大瓦房里的人并未汲取上次的教训，识破是个圈套。他们照样近乎疯狂地逃了出来，该光屁股的仍光着屁股，该晃荡奶子的仍晃荡着奶子。国香照样愚蠢地在空地上大叫，快去看哪儿着火了，你们傻愣着干什么，还不快去救火。

凡事不过三，又隔了一些日子，当鬈毛准备再一次实施骗局时，有点担心国香不再上当了。为此，她放了烟雾弹，以达到逼真的效果。在呼救的同时，将一个点燃的火把在国香的窗户外摇了几下。这一招果然起了作用，国香崩溃般叫了起来，黑杠头，你个该死的酒鬼，还不快起来，着，着火了，真着火了，你看那火，就在窗口亮着呢。

趁着人们尚未从瞌睡中清醒，鬈毛潜回树林。熟门熟路来到池塘前，把火把匆遽一扔，嗤地一声，一潭死水吞噬了火焰。火把下沉，须臾浮起在水面，恢复了枯树枝的本来面目。

销毁了证据的鬈毛再度来到两幢带楼梯的大瓦房边，刚爬上一棵树，忽觉背上有点异样。心里一咯噔，手脚瞬间僵硬了。她紧贴在树上，试图伪装成夜猫。已来不及了，一束手电筒的光射中了她。炙热的光柱烫伤了她的皮肤，随后有更多光束添加进来，把她照得通体透明，再也无从隐遁。

鬈毛不知自己是怎么回到地面的，她被带到阴霾的伙房里。没被五花大绑，这说明国香根本不担心她能逃跑。可怜的小女孩被一个打手抓着头发提起来，这段足不着地的路途,走了不少于五分钟。鬈毛的嘴巴歪斜着,头发与头皮之间的撕裂感让她五官变了形。她明白,惩罚才开始,自己成了一条案板上等待屠宰的鱼。气急败坏的国香两口子尾随进来,反手把门关上了。

围观的人推推搡搡,光影斑驳的面孔在窗外攒动,每个人表情都很兴奋,期盼发生着什么。

这时,响起了一个声音,国香,怎么着都行,千万别闹出人命啊。

鬈毛与国香两口子之间,约有五米宽,这是他们的距离。毫无疑问,鬈毛将受到审判,她对自身的处境一清二楚。作为国香的俘虏,她不想让对方看出自己在发抖,发抖不能化解危险,只会被看轻。

不过发抖还是有一个好处,至少可以让恐惧化解掉一点。由此,她状如筛糠的身体并没有停下来。

国香喘着粗气,显然在找一句能恰如其分刻画她心情的话。她停顿了九秒钟,或许是十秒,牙缝里蹦出几个字——

我,看,你,是,活,腻,了。

鬈毛把脑袋埋在腿里,四肢收得更紧一些。如果她是一头刺猬,无疑会变成仙人球。如果是一只乌龟,也会只剩下硬壳。出乎意料的是,拳脚并未立刻落在身上,国香在她面前蹲了下来。

你干嘛要这么做?

鬈毛知道国香对自己产生了好奇心,想弄清楚为什么无端遭到了戏弄。求解乃人之常情，对国香而言，获取小女孩的口供比揍她一顿来得更迫切。换句话说，肉体的惩罚大可不必操之过急。小女孩就在她跟前，孙悟空焉能跳出如来佛的掌心？

鬈毛猜出了国香的心思，遗憾的是，她的意志已经崩溃了。抵赖是她唯一的花腔，她口齿不清道，我什么都没干，真，的，什么也没干。

国香把脸凑近，眼珠一动不动，好像要用目光把这个退缩的小女孩钉死在墙壁上。

和她废什么话。

国香的男人断喝一声，箭步上前抓住鬈毛，往地上一砸。这个酒鬼出手又快又狠，户外响起了一片惊呼，鬈毛趴在那儿不动了。

谁都认为小女孩被摔死了，国香的男人根本没觉着手里是个活人，完成这个动作就像发酒疯时砸碎一只海碗。目击者们张口结舌，他们未尝不期待对小女孩的惩罚，但无人希望看到死亡，一招毙命的画面令大家倒抽一口冷气，别看国香的男人平时默不作声，只顾喝他的闷酒，一斑可观全豹，此刻他冷酷的表情印证了其歹毒绝非常人所有，视生命如草芥，也视自己如草芥，能彻底做到这一点的人委实不多。只有亡命之徒，才能让手下的人不敢造次。表面看，是咋咋唬唬的国香在张罗场面，真正控制窑子的，是他那条随时准备豁出去的命。

一个人纵然视死如归,也没必要动辄就拿命去搏。这里面有个利益公式,国香的男人虽是一介莽夫,也会做这道算术题。杀人需要偿命,比不得一般的违法。譬如说,他和国香开的这个窑子,显然是见不得人的买卖。但毕竟只是皮肉庄,与当地行政机关那些贪财好色的小官僚达成默契之后,它的合法性就成了公开的秘密。杀人的性质则不同,无论从道德还是法律上,远远超出了小官僚们可承受的范围。没人愿意为之出头,擦这个擦不干净的脏屁股。

所以,倘若不是威胁到了重大利益,作为一个心智健全的人,是不会铤而走险去杀人的。国香的男人同样如此,他也不愿过多地招惹麻烦,必要时也会忍气吞声。譬如对不把他放在眼里的阿旦一伙,他早就恨得牙痒,可权衡再三之后,还是选择了与他们和平共处。他明白,树敌过多是有害的,他并不想将好日子毁掉。

但他居然在众目睽睽之下,对一个手无寸铁的小女孩起了杀心。显然,无论从哪个角度出发,这个举动都得不偿失,因为他并不具备杀人动机。合理的解释是,小女孩频繁的恶作剧让他怒不可遏,才导致了一念之差的失手。

看着声息皆无的小女孩,国香的男人酒一下子醒了。然而,越是这种时候,他越是要捍卫自己的硬汉形象。他踹了踹小女孩软里吧唧的身体,用死鸭撑嘴硬的腔调骂道,装什么死?你个不经摔的东西。

国香顷刻间便意识到了事态的严重,她可不像她的男人那样沉得住气，跳起来破口大骂——

你还死撑什么，闯下大祸了还不知道？谁让你斜插一杠了，肏你十八代祖宗，去死吧。

不知是谁喝了声彩，黑杠头你好样的，杀人啦。

话音刚落，起哄声汇成了几个声部，黑杠头你杀人啦，狗日的黑杠头你杀人啦。

国香的男人把伙房的门打开，目光睃了一遍，呵斥道，狗娘养的，起什么哄放什么屁？

大家噤了声，国香的男人扒开人群，他显然被激怒了，朝地上啐了一口，我黑杠头要是倒了台，你们连鸡巴都没个地方放。

见无人搭理自己，国香的男人用目光与大家对峙着，几个打手不知什么时候站到两侧，恢复了左膀右臂的位置。大家僵持在那儿。围观的人其实并不是要为难国香的男人，说到底，即便他脚底抹油跑了，也跟他们毫无干系。之所以不愿散开，只是想瞧瞧事情怎么收场。

可是从现场的架势看，双方却有了博弈的味道，一大片沉默堵塞在楚河两界之间，每个人的面孔在月光下都有些狰狞。

国香忽然嚷道，黑杠头你撞了大运，小姑娘她活过来了。

国香的男人闻听此言，反倒有点疑惑，活过来了？我看看。说着，匆匆进了伙房。

小女孩面如纸灰，五官纠集在某一个瞬间，国香的男人又踹了她一下，脚上的分量明显变轻了，骂道，看你还他妈的装死。

国香道，刚才动了一下，怎么又不动了。

伙房里拥进不少人，最前面的鱼泡眼道，杀只鸡还蹦跶两下呢，人临死哪有不抽抽的。

国香瞪了他一眼，放你娘的臭屁，不说话没人当你哑巴。

鱼泡眼把头颈一缩，被噎得没话了。

国香的视线回到小姑娘脸上，嚷道，你们看，她又活过来了，眼睛睁开了，没骗你们吧。

小女孩真的把眼睛睁开了，从她破损的目光中可以洞悉，她正在另一个世界里回忆着前尘旧事。她的五脏六腑也许已被震碎，命若游丝的呼吸连一缕烟都吹化不开。她千万不能阖上眼睑，因为那意味着再也无力把它睁开。尽管如此，她弥留的目光还是越来越涣散，精气在生命的底部分崩离析。

国香把头一扭，冲着围观的人一通吼，谁让你们进来的，出去，他妈的都给我出去。

见人群没有松动，将几个打手骂了个狗血喷头。

你们这些吃干饭的，老娘养你们干什么，还不快让他们走，你们这些个鸟人，除了会钻娘们裤裆还会干啥，我奍你们十八代祖宗。

谁都能听出来，国香表面上骂的是手下，其实是指桑骂槐，把屋里的人一锅端了。

打手们开始清场，围观者被驱赶出去，他们在离开的同时，把目光留在了屋内。他们知道小女孩行将死去，亲眼目睹一个人失去生命，恍如走进黑夜的梦魇，而不是仅仅置身于黑夜。

小女孩并未真的死到临头，她用伪装加重着自己的伤势。谁也没识破这一点，只有一个人对真相心知肚明，这个人就是鬏毛自己。

垂死的状态对鬏毛来说，作用如同避邪的面具，能够让自己避免再度受到侵害。从半开半闭的眼光中，鬏毛知道人们正等着她咽气。迫于无奈，她只能诈死，一俟他们信以为真，她才有金蝉脱壳的机会。

人群中有人提醒了一句，国香，小女孩现在还没死，反正我们看见她的时候她还没死。

国香一拍大腿道，谁说不是呢？她可不活得好好的，我说你们这几个吃干饭的，还愣着干什么？

打手们心领神会，动作麻利地把小女孩抬起来。朝外面走去，宽大的土布裙子在滑移中，使小女孩脐下没有了任何遮蔽，尾巴从阴阜下方暴露出来，它虽被啮断过，仍有两寸多长，像一段光阴的盲肠，给人以末日的暗示。

国香眼尖，相距小女孩也最近，哎哟一声，眼睛瞪圆了，说等一下。

把脖子歪过小女孩的屁股，更近地凝视，她在确认是否花了眼。她用指尖触了下尾巴，立刻缩回了手，嚷道，你们过来看，这可不是人，长着尾巴呢，你们知道她来历么？她能耐可大呢，能呼风唤雨，那年大地震就是她造的孽。她这一显灵，不知要发生什么灾祸呢。她要是死了，我们家黑杠头可算是为民除了一害。

围观的人交头接耳，他们差不多都听说过这个著名的妖孽，对那个类似神话的传说也耳熟能详。国香对小女孩身份的认定使他们略显犹疑，他们摆出退避三舍的姿势，说不出是憎恶还是惊慌，神情如同年久失修的钟表，僵硬的肌肉与锈蚀机芯的停止如出一辙。

国香恶毒的诅咒传入鬈毛耳中，小女孩把眼睛完全阖上了。她不知道要被带到哪里去，在黑黝黝的树林深处，打手们把她胡乱一扔就跑了，鬈毛知道重获了自由。还来不及庆幸，却发现自己的躯干完全动弹不得。她把脑袋左右转转，头颈以下既不疼痛也不麻木。

小女孩把脖子折成一个直角，在比黑夜还黑的梦魇里，辨认着藤蔓和野草影影绰绰的外形。她被卡在了土凹里，假以时日，葱茏的植被细致地吞没了她。

23

国香要和黑杠头成亲的消息刚在造桥工地上传开，就被当作一个天大的笑话。正在吃饭的阿旦乐得差点让呛入气管里的一粒米饭憋死,缓过气后对带来消息的刘大牙说的第一句话是,婊子要出嫁,我们老相好得去捧场,让黑杠头这个王八给我们敬酒。

婚礼是从喧天的锣鼓声开始的,倒霉的黑杠头被爱出风头的国香搞晕了,这个混世魔王洋相出大了,居然跟国香一起在集市上游行示众。因为笑容夸张,国香的牙床始终裸露在外,把面孔的下半部占据了。她和新郎官站在一辆从造桥指挥部借来的敞篷吉普车上,向街上的人挥手致意。孩子们欢天喜地,跟在车后捡糖吃,脏兮兮的,活脱脱一群争食的小鸡小鸭。

敞篷吉普车开到小山坡下,国香和黑杠头下了车。欢腾的人声中,国香不知为什么,忽然忸怩了一下,少女般羞愧地跺了跺脚。

国香的动作刚巧让刘大牙瞅见,用手肘顶了顶赵和尚道,你瞧国香那德性,简直让人笑掉大牙。

谁都能看出来,黑杠头只是婚礼中的一个次要人物,任务就是配合国香演完这场闹剧。他一点都弄不明白,国香干吗要丢人现眼来上这么一出。虽然和国香在一起多年,同甘共苦把窑子操持起来,可他从没想到要成为她丈夫。不可否认,国香是个能干的女人,唱念做打信手拈来,是大家不敢惹的撒泼大王。另一方面,毕竟千人压万人骑,跟那么多男人睡过觉。作为合作伙伴,黑杠头觉得国香的放荡并不构成对他名誉的损害，他把自己设定在与那些男人同流合污的位置，只是国香的长期嫖客，外带一点生意往来。他知道这种想法是自欺欺人，在外人看来，他和国香早是两口子了。但黑杠头固执地认为，他和国香仅仅是这样一种似是而非的关系，既然没成亲，就不用劳神会带上绿帽子。

正因为如此，当国香说出她的意图时，他用一个及时赶来的臭屁回答了这个女人。国香讨好的表情稍纵即逝，她从黑杠头撇开的嘴角看到了对自己的冒犯，她强忍怒火，重复了一遍——

我要做你老婆。

由于常年吃肉的缘故，黑杠头那个油腻腻的屁显得力大无穷，它掉在地上，使尘土中的小颗粒晕头转向。黑杠头伸起脖子，这时他才明白，国香并没逗他玩。

黑杠头道，你早就是我老婆了，他们不都叫你老板娘么？

国香道，不行，我要的是拜堂入洞房的那种。

黑杠头的无赖腔就出来了，他喝了口酒道，我不干，就这样挺好。

国香也不是省油的灯，嗓门吊高到吓人的位置——

好你个黑杠头，嫌弃你老娘来了，也不撒泡尿照照是个什么东西，你个死乞白赖的二流子，没有老娘哪有你今天？

国香骂得好，骂得黑杠头倒抽一口冷气。他觉得国香说的是大实话，他嫌弃国香是个婊子，怎么就没想到跟她是一路货色呢。他把脸一沉，嘴里毫不松懈——

我不答应，看你咋样。

国香注意到他表情的微妙变化，共同生活了那么久，她对这个男人的脾性已摸准大半，知道黑杠头心里服输了。

国香把嘴凑到黑杠头耳边，不答应？我让你过不成。

黑杠头把头一回，怎样个过不成？

国香一指桌上那只长歪的野葫芦，你有把柄可在我手里攥着。

黑杠头目光里闪过了细小的惊慌，口气依然无动于衷——

唬不了我，你也有份，我还可以说你有把柄在我手里攥着呢。

国香道，说得没错，一根绳上两只蚂蚱，要么和我一块儿入洞房，要么一块儿完蛋。

黑杠头没心思和国香耗下去，挥挥手，算是缴械投降。国香满意地离开了，黑杠头搞不明白她究竟吃错了什么药，居然吵着要结婚。他把这个疑问扔向了国香的背影，国香转过身公布了答案——

女人一生一世就得他妈的嫁一次。

黑杠头对这句话百思不得其解，在他看来，国香的举动丧失了理性，他对行将扮演的角色极为不满，感到自己是个傻瓜，会被人戳着脊梁骨骂。看着国香忙前忙后张罗着婚事，他的情绪一天比一天低落，借酒浇愁，等待那个烦心日子的步步逼近。

国香处于亢奋之中，和黑杠头完全不同的状态，两者情绪的反差宛若冰火。因为忙碌，国香对黑杠头的郁闷置若罔闻，当然，也可以是另一种猜测，她故意对黑杠头的失落视而不见。

婚礼如期举行，如果不是因为那场爆竹引起的火灾，一切堪称圆满。国香显示出她的能耐，把当地的大小官僚和造桥指挥部有头有脸的人物都请来了。大瓦房前的空地上酒席摆了不下三十桌，有酒有肉还有几十个梳洗得俊俊俏俏的姑娘。这是国香一生中最风光的时刻，头上插满猩红的野花，喜上眉梢地与每个男人喝上一杯交杯酒，而一肚子委屈的黑杠头，只能跟在她身边强颜欢笑。

在鞭炮声中，阿旦走到边缘的一桌落座，刘大牙和赵和尚兄弟在对面把屁股摆正。这哥仨被丰盛的食物吸引住了，饿死鬼似的开始胡吃海喝。阿旦迟迟没动筷子，时不时端起海碗喝上一口，他的冷眼旁观让王老屁大惑不解，他喊道，喂，你干吗坐着发呆，还不赶紧吃，我们可是送了彩礼的。

阿旦叹息了一声，我现在算是明白了，国香的窑子可不止两幢大瓦房，这方圆几十里就是个大淫窝。

刘大牙道，赶紧吃吧，吃完了好上路。

上路是他们的一条暗语，意思就是和女人睡觉。在这个大喜日子里，国香向大家准备了另一道大菜，把她的姑娘们免费奉献出来，供大家分享。阿旦这一桌共七个男的，国香给他们分派了三个窑姐,这个比例表明国香没想亏待他们。

国香手头的窑姐虽不少,和今天场上的男人比起来,实在是捉襟见肘。国香不可能做到绝对公平,尽管把最漂亮的姑娘安排到了那些显赫人物边上,也只能做到两男一女的搭配。绝大多数的酒桌,七八个男的不过点缀一两名窑姐而已。这个布局让国香煞费苦心,也泄露了她的势利。在她心目中孰轻孰重,一目了然。

阿旦对他们这桌享受到的待遇还算满意,那些当官的和他们这些二流子比起来,没占到明显的便宜。他作出一个决定,向同桌男人宣布——

今天我退出,你们六个对三个,一点都不比那些王八蛋差。

同一桌的都不是善茬,并不觉得多个男人有什么不同,你阿旦就不要客气了,谁不知道你最爱打炮。

阿旦笑道,我不闲着,换个地方搞。

大家看着阿旦,知道他还有下文,果然他压低调门道,我得想办法去禽国香,她可是我带到这儿来的,我很长时间没跟她上床啦。

赵和尚笑道,黑杠头还不剥了你的皮。

阿旦道,我和国香睡的时候他不知道在哪儿吃屎呢,凡事总得有个先来后到吧。

阿旦的捣乱尚未来得及付诸行动,山坡脚下飘来了哭丧似的呼喊声——

麦子烧起来了，麦子烧起来了。

参加婚礼的人去看国香，这娘们还算镇定，让一个手下去打探发生了什么。不一会儿，那人气喘吁吁回来报告，麦田真烧起来了，火还挺大，看样子要往这边来。

国香傻了眼，一捋袖子，气急败坏的尊容原形毕露。她指挥着宾客，找来可用于扑火的容器。率领一纵人马下了小山坡，采用手手相传的方式，将河里的水尽快浇到越烧越旺的麦子上。

国香在河堤旁东奔西跑，猩红的野花从头上掉落，她带着哭腔的呼喊随风而逝——

风神爷爷求，求你掉个头吧，别叫火烧，烧过来，我国香置下这点儿家，家当不容易呀。

一切已于事无补，容器里泼出的水相比火势只是杯水车薪。烈焰在风的助纣为虐下失控，扑面而来的热浪让赝品消防队员们节节后退，终于溃不成军。

阿旦没加入到救火的人群里，他独自走开了。站在很远的一座石桥上，眼里噙满了泪水。这是他第三次看见大火从麦田中熊熊腾起，前两次火灾分别取走了他叔叔和兄弟蔫耗子的性命，让这对痴迷于麦子的父子在烈焰中重逢。真像是宿命，麦子总是未及收割就成了祭祀火神的供品。阿旦心说凡事不过三，从今往后再不会有麦田的火灾了，因为再不会有人去种麦子了。此刻燃烧的麦田是蔫耗子失去之前的那片麦田后补种的，为了它，造桥指挥部专门成立了种麦队，兄弟们挑水施肥没少流汗。可到头来，在麦子完全成熟的前夕，蔫耗子却在那片被荒废的麦田里丧了命。兄子的死让阿旦对那片合法麦田顿时失去了兴趣，眼看着麦穗变黄，他没召集种麦队去收割，造桥指挥部催促了几次，他一直装傻充愣，为什么固执地不去收割，阿旦没细究心境，只觉得心灰意懒，直到今天，当火灾再次光临，他一下子得到了答案。原来在冥冥之中，他早已获取了某种授意，他并不吃惊。

阿旦从石桥上离开了，再次回来的时候，背着那只做糖人的木箱。大火仍在蔓延，风向换了，国香的危险已经解除，因为火势不再对小山坡形成威胁。阿旦旁若无人地朝麦田走去，他的鬼迷心窍看得周围的人心里发虚，不约而同叫了起来，阿旦，别干蠢事。

阿旦才不会自寻短见，他把木箱从肩上卸下来，用一个撒网的姿势把它抛入了火中。

他拍拍手，转回身来，笑嘻嘻地哭丧着脸——

麦子没了，麦芽糖也没了，做不成糖人了。

24

麦田里的火灾把婚礼给搅黄了，国香站在山坡脚下，目送着烈焰渐行渐远，她吓得胆汁都快流出来了，她确实有理由害怕，如果老天让风转个向，苦心经营的一切都将化作乌有。她就会被打回原形，成为一个屁都不是的下三烂。她当然永远是个下三烂,然而有钱的下三烂和一无所有的下三烂不可同日而语,国香早把这个世道看透了。

大火如同杀心顿起的骑兵,以风卷残云之势踏碎了麦田,同时也将其他农作物一并掠走。望着飞扬跋扈的火焰,大家知道这一季的收成算是完了。

浓重的红色让麦田看上去血流成河,烈焰的骑兵直到翌日破晓才徐徐收拢了铁蹄。当太阳从江中浮起,种田人在焦黑的泥土上捶胸顿足,为平白无故失去了农作物而痛惜。了解到祸起国香婚礼上的爆竹,他们就结伴朝小山坡进发,要向国香讨个公道。

当然一无所获,国香是多么厉害的角色,老实巴交的种田人怎么是她的对手,不但被羞辱了一把,还差点遭到打手们的围攻。

事情当然不会轻易了结,说到底,地里的收成归造桥指挥部所有,那么多麦子与庄稼没有了,工地都拭目以待,谁来承担责任。照理来说,事故的起因是清楚的,造桥指挥部很容易处理这个事件,给大家一个交待。可不知为何,此事却久拖未决,迟迟没下文。与此同时,造桥指挥部动用工程预算采购了粮食蔬菜以解燃眉之急,羊毛出在羊身上,工人们的收入被削去了一块。此举激起了民愤,少数唯恐天下不乱的家伙煽风点火,想惹出事端来。在被动的氛围中造桥指挥部匆忙结了案,认定阿旦和种麦队是责任人,理由很简单,正是由于他们没及时收割,才使得爆竹有了燃点。所以这笔账只能算在他们身上，处罚结果是种麦队就此解散，全部成员立刻开除，限日迁出宿舍。

谁都能看出这是宗冤案，阿旦他们成了替罪羊。造桥指挥部的人肯定被国香买通了，才会来这么个移花接木。虽然没人目睹他们肮脏的秘密勾当，不过这是明摆着的，国香受到了袒护。造桥指挥部一箭双雕，用杀一儆百的方式来告诫那些准备闹事的人，赶快悬崖勒马。

背了黑锅的阿旦他们岂能善罢甘休，国香和黑杠头为了自保，竟让他们掉了饭碗。这是不折不扣的挑衅，奇耻大辱让他们气炸了肺，如果说，原先只是互不买账，尚能面和心不和地相处，这下算是撕破脸结下了仇。

赵和尚咬牙切齿道，他们好日子算是到头了。

他的兄弟王老屁附和道，黑杠头个杀千刀的，他是活腻了。

刘大牙的态度如出一辙——

我要像剥青蛙皮一样剥掉他们的皮。

还是阿旦沉得住气，摆了摆手，别忙着动手，先把他们的命给留着，我琢磨着国香就要来了，看看她怎么说。

王老屁道，她敢来，看我不拧断她的头。

赵和尚道，她敢来，莫非吞了豹子胆。

阿旦道，我打保票晚饭前她准到。

姜是老的辣，阿旦的预感没错，黄昏时分，国香跟事先约好似的在门口出现了。

刘大牙瞅瞅阿旦，嘟囔道，还真让你猜中了。

赵和尚兄弟面面相觑，觉得阿旦有点神，王老屁挪挪屁股靠近阿旦，轻声道，他妈的你们别是串通好的吧。

阿旦用眼神示意大家稳住，他要看国香单刀赴会怎么开场。

迎着四个男人的目光，国香不慌不忙迈进了门槛，胁肩谄笑道，哥几个都在啊，国香赔不是来了，我大喜那天没吃好没玩好，今天重新摆了一桌，你们得给我这个面子。

刘大牙和赵和尚兄弟去看阿旦，阿旦阴阳怪气道，正愁没地方吃饭呢，你国香倒给准备好了，要是没猜错的话，吃完了还能搞一把吧。

国香道，对了，新来了个大姑娘，让你们尝尝鲜。

阿旦一拍大腿道，那我们还等什么，还不赶紧上路。

这里的上路有双重涵义，一是赴约，二是酒酣耳热之后的狎妓。

国香当然不会平白无故对阿旦他们表达善意，她知道对方也明白这一点，他们各自心照不宣。为避免正面冲突，国香没让黑杠头露面，直接把阿旦他们带进了楼上的一个房间，果然已摆好一桌酒菜，阿旦他们坐下来，国香转身走开了。

四个死党七翘八歪，应了那句老话，今朝有酒今朝醉，先不管别的，把肚皮填饱再说。刚动了两下筷子，国香折回来，带来了四个窑姐，其中果真有个陌生姑娘，身形瘦削，脸庞肥嘟嘟的，一对快要哭出来的眼珠，比桂圆还圆。

阿旦道，哪是什么大姑娘，分明是还没长开的雏。

国香道，只有嫌老的，哪有嫌嫩的，水荷是黄花闺女刚开苞。

阿旦上下打量了这个叫水荷的姑娘，勒住她衣领道，是不是李大胖子破了你身子？

他的举动让国香猝不及防，水荷更是被吓得不轻。国香神情阴下来，阿旦却多云转晴，勒住衣领的手势变成暧昧的丈量，由肩至臀，让水荷的体温在掌心化开——

坐下来吧，逗你玩呢。

国香刚绷紧的脸松懈下来，尴尬地笑了笑，今天把你们请来，除了补上回的失礼，还有件事想跟你们说。

阿旦朝桌边看看，刘大牙和赵和尚兄弟心领神会。他们知道，国香要切入正题了。

阿旦却阻止了国香，攥了一块肉，把口腔的半边塞紧，用含混的语气道，有啥事明天再说，不至于急得隔不了夜吧。

国香道，也行，那我去招待客人了。

她把目光偏开，用老鸨的典型口吻叮嘱道，姑娘们，好好伺候着。

国香一走，刘大牙就问阿旦，干吗不让她说？

阿旦把水荷搂过来，难得有大鱼大肉，先尽兴一把，不忙着收拾他们。

说着，把脸转向水荷，还不满十八岁吧？

水荷点点头，快十七了。

又问，国香是怎么把你骗来的？

水荷道，她没骗我，我在路上饿昏过去了，她对我说，只要跟男的睡觉就有饭吃，我就跟来了。

桌上的人，包括另三个窑姐，都笑了。

阿旦继续往下问，我们几个，你最想跟哪个睡？

这个提问勾起了大家的兴趣，众目睽睽之下，水荷扫了一遍，嗫嚅道，随便。

但她的真实想法没逃过别人的眼睛——在飞快的浏览中有一个停顿——阿旦骂道，王老屁你个王八蛋，她看上你啦。他妈的，还是长得俏讨娘们喜欢，愣着干什么，还不过来把她抱走。

王老屁一窘，他确实长得不赖，这归功于他可耻的遗传。他并不喜欢自己的长相，每当有人夸他模样好，他就会想起传说中的娘。见过他生母的人说，他们宛如一个模子套出来的。对此他并未感到温馨，他恨那个给自己带来屈辱的女人，恨自己标致的脸，这样的脸长在他这个二流子身上纯粹是暴殄天物，除了让他萌生烦恼的冥想之外一无是处。

水荷连忙辩白道，我随便的，真的随便的。

她这一急，大家更绷不住了，特别是那三个窑姐，牙床和舌头绞在一块，乐开了花。

水荷诧异地张着嘴，看上去缺了根筋。

王老屁喝了口酒，用一只胳膊就把水荷夹到腋下，他的动作娴熟，没有半点拖泥带水，水荷腾空的下肢乱蹬，被带进了里屋，俄顷，外间就听见了她讨饶般的呻吟声。

刘大牙站起了身，事实上，自打在桌边坐下，他一刻没闲着，左右开弓，一只手往嘴里塞吃的，另一只手搂住了一个窑姐。刘大牙在这方面历来是沾火就着，女人的皮肉撩拨得他燥热难抑，要不是阿旦在戏弄水荷，他早离开饭桌了。

刘大牙拽着窑姐进了里屋，床上的王老屁痛骂道，你他妈的就不能再待会儿？

夜幕翻到了下半夜，两间带楼梯的大瓦房里，灯大部分熄了，偶尔有男女的喘息声，像黑漆漆的蝙蝠在滑翔。这是一天中最静谧的时辰，窑姐们告辞了，刘大牙睡得如同死猪，阿旦和赵和尚兄弟脸上布满杀机，开始商议报复计划。他们对国香两口子充满了鄙夷，这对狗男女天真地以为用今晚的馈赠便能化干戈为玉帛，天下哪有这么便宜的事。

他们煞费苦心地密谋着，已经有了几个不错的方案，正在用排除法选项。这时，窗外瓦片般的沉寂里，响起了具有穿透力的呐喊——

着火啦。

宛若一颗不发光的陨石被空气抵消，呼救的三个字只响了一声，谈兴正浓的三个人掐了话头，听到国香大叫起来——

黑杠头，你个该死的酒鬼，还不快起来，着，着火了，真着火了，你看那火，就在窗口亮着呢。

赵和尚道，出什么事了，要不去瞧瞧？

阿旦道，甭理它，哪有什么火，我敢打赌，又是假的。

阿旦不是凭空这么说，国香的窑子不是头一遭发生子虚乌有的火情，前一段他们就曾亲身经历过一回，夜阑人静，有人跟踢中了骷髅似的大叫救火，吓得大家屁颠屁颠往外跑，结果连一粒火星都没见迸出来。隔了没多久，同样的恫吓在暮色中再次重演，阿旦他们虽不在场，很快也听说了。这种事向来流传得很快，大家都喜欢看国香两口子的笑话，纷纷猜测是谁要让他们过不安生。

国香还是那么紧张，一朝被蛇咬十年怕井绳，上次麦田的火灾加重了她的疑神疑鬼，使之并未吸取两次被骗的教训，采取了宁信其有不信其无的态度，她撕裂声带的尖叫，要把每个人的耳膜撕裂。

王老屁道，还是下去瞧瞧吧。

赵和尚道，不用理她，哪有什么火，她是上当上不够。

答案很快揭晓，诚如赵和尚所料，国香又一次中了计——

老板娘，全查过了，没着火。

阿旦和赵和尚兄弟扒开前窗，探出头来看好戏。国香跟陀螺似的在空地上打转，她被愤怒的鞭子抽晕了，厉声叫骂，给我死出来，你个缩头乌龟，有本事就出来。还有你们这些吃干饭的，还不快去找，就算是土行孙，也别让他跑了。

打手们拧亮手电筒,光束投射到寂寞的树木和樊篱上,一摊摊涅白的光斑,好像飞来飞去的池塘。

阿旦和赵和尚兄弟把头缩回来,在他们看来,这些五大三粗的莽汉根本就是在白忙,黑暗中的捣乱者肯定早跑了,怎么会留在现场等着挨抓呢。

他们又捡起方才中断的话题,赵和尚好像受到了启迪,醍醐灌顶道,别光惦记着怎么杀人,干脆真点一把火,就要了国香的命了,这比先前想的办法都好。

阿旦皱着眉头道,这办法我早想到了,省事是省事,那些窑姐也跟着完了。

王老屁道,往后连糊口都难了,哪有闲钱干搞鸡巴事。

阿旦寻思道,说的倒也是,他们不仁也甭怪我们不义,就按你们说的办。

定下了方案,便去把刘大牙摇醒,让他一起参加行动。刘大牙整垮了窑姐,也整垮了自己,这会儿除了睡觉,对任何事都失去了兴趣。好说歹说,骂骂咧咧离开了床,由赵和尚兄弟架着胳膊,从楼上下来。

空地上依然很热闹,打手们的搜索依然在进行。阿旦走近国香,揶揄道,深更半夜逮耗子呢?

国香瞅了他一眼,没吱声。一分钟后,她手下完成了不可能的任务,把黑夜中的惑乱者缉拿归案了。

阿旦他们旋即认出了那个被照得通体透明的小女孩,四个人瞪大了眼睛,他们没料想她还活着。这个胆小如鼠的小女孩,没被窒息的烟熏死,没被麦田的火烧死,也没被暴雨如注的河流溺死。居然从如此恶劣的环境中逃脱了,她果然拥有与那条尾巴有关的超凡力量么?

赵和尚道,她怎么还活着?难道像猫那样有九条命。

王老屁道,过去瞧瞧,看他们把她咋样。

他们随着人群往前走,小女孩被一个打手揪着头发提起来,嘴巴歪斜着,头发与头皮之间的撕裂感让她五官变了形。她被带进了伙房,气急败坏的国香两口子反手把门关上了。

窗户外人头攒动,阿旦他们挤不进去,赵和尚道,也别看了,这丫头落在他们手里,不死也得残废,我们趁着这份乱劲把那事给办了。

王老屁道,说得不错,也算是浑水摸鱼。

四个死党悄悄撤离,阿旦和刘大牙绕到两间大瓦房外围,从篱笆里抽出竹竿备用,赵和尚兄弟偷了一床被褥,在约好的角落里会合。

他们把被褥拆开,掏出旧棉絮,用床单撕成的布条把棉絮固定在竹竿顶端,就有了十来根可以投掷的飞矛。阿旦尝试着划亮一根火柴,他没点着棉絮,它太旧了,又有些发潮,纠结成苦恼的络状物,火柴的力量只能烤焦它,不能让它持久燃烧。

这个结果有点出乎预料,但也不是太棘手的问题。赵和尚道，油是火引子，搞点油来就解决了。

王老屁道，到哪儿去找油呢？

刘大牙道，伙房里有，装在塑料桶里，我去拎一桶过来。

阿旦道，也不知道伙房里散了没有，要不没法下手。

刘大牙道，估摸着也该散了，我就做一回鼓上蚤时迁，回头见。

王老屁道，你还有劲拎油？我看着悬，我一块去吧。

刘大牙道，人多眼杂，反倒不好下手。

指了指裤裆又道，你别瞧不起人，再来个娘们，鸡巴照样站得笔直。

阿旦笑道，狗改不了吃屎，快去快回吧。

阿旦他们未曾想到，刘大牙这一去，就踏上了黄泉路，再也没回来。

久等刘大牙不归，阿旦和赵和尚兄弟起了疑心，莫非刘大牙偷油不成被抓起来了，便把那些飞矛藏好，拍拍膝盖上的尘土，朝伙房进发。

伙房是一间独立屋，刘大牙对这儿很熟，因为常来偷肉渣吃。屋里的灯还亮着，王老屁一脚把门踹开，眼前的一幕让他倒吸一口冷气，站在身后的阿旦和赵和尚也呆住了。

地上躺着刘大牙和国香两口子，新鲜的血淌了一地，还在流动。黑杠头的脑壳被硬物拍碎了，望着房梁死不瞑目。刘大牙也死了，咽气前痛苦地护着私处，他那儿空掉了，整个阴囊没了，窟窿里挂着半颗睾丸。阿旦他们在黑杠头的嘴角找到几根沾血的阴毛，把他嘴巴撬开，除了深红的血块别无其他，这个歹毒的家伙竟把刘大牙的男根生吞下去了。

国香在这场闪电般结束的搏斗中存活了下来，她左眼瞎了，变成了独眼龙。国香再也回忆不起当时的情形，总是用难以置信的表情感慨，天兵天将也没这么快，连叫一声都来不及，我就啥都不知道了。

因为陡然发生的变故，阿旦他们酝酿的纵火没有实施。实际上，黑杠头的暴毙和国香的致残让他们的报复不再有意义。

阿旦他们百思不得其解的是，为什么在这场殊死的搏斗中，没有一声喊叫响起，这显然与常理不符，也说明了国香的陈述是事实。拼杀是在刹那间完成的，伙房里的三个人谁都没来得及叫出声，便受到了重创。国香先行倒在血泊之中，随后的一秒钟，黑杠头和刘大牙几乎同时施了杀手，用残暴的方式取了对方性命。

在这个血腥的夜晚，除了伙房里仓促的死亡，还留下了另一个悬念——那个长尾巴的小女孩谜一样无影无踪了。据打手们事后交待，他们把小女孩扔进了树林。围观的人却说，小女孩当时被摔碎了，行动的可能性为零。然而千真万确，从此再也没人在树林里看见过她。

第四章

25

春暖花开的黎明,万物生长的声音从石缝里挣脱出来。青苔和藓蕨的发育刚刚开始,四季新的轮回由此出发——某些奇异的事情正含苞欲放。云卷云舒,大江的惊涛铿锵东去。

晨光照耀在小山坡上,密林忍受着拥挤。在某个土凹,疯长的植被底部,黢黑的水泡从蓬松的尘埃里泛起,瞬间化作红绸般的溪流破土而出,犹如大地的泉眼迸发出的诅咒,纠葛的藤蔓即将揭开伪装。

泥土渗出鲜血当然非同寻常,不是来自树精的伤口,或什么神秘天候。地上拱起了一小片泥壳,牵一发而动全身,一个完整的人的轮廓开始了蝉蜕。先是脚趾的某个关节,俏皮地顶起一条裂缝,让两只过路的蝼蚁站立不稳。随后是更重要的关节,形成了更大范围的破坏。这个人翕动着鼻孔,睁开了双眸。她是鬈毛,她皮肤上布满泥土的硬块,浑身疙疙瘩瘩,和蟾蜍无异。她终于苏醒过来,思绪却停留在六年前那个可怕的夜晚,她还来不及注意到自身的变化,她首先要做的工作是突出植物的重围,离开这个枝繁叶茂的牢狱。

鬈毛迟缓地摘下一些叶子,她刚恢复意识,四肢的经络尚需疏通。她慢慢吁气，嗅着那些叶子，用它们特殊的苦味让内脏吐故纳新。由于怀疑自己是否真的活着，她咬了一下舌尖。疼痛告诉她，生命的确没有将她抛弃。她试图坐起，犬牙交错的蘖枝留给她的空间过于窄小，还有那些攀缘与匍匐的藤茎，几乎让她动弹不得——她只能耐心地把细的折断，把粗的推开——临近中午，身体见缝插针挤了出来。

当她回头再去观察那个土凹，才醒悟过来在里面躺了很久。虽然具体的光阴难以测量，通过围困她的壮观植物，能猜出时间在她身上干了什么。

鬈毛此刻才想到审视自己，她把头低下来，那件灰头土脸的用襻纽的土布褂子，靛蓝的本色已被覆盖掉，破烂的布料再也遮不住令鬈毛备感陌生的躯体——小女孩的个头明显拔高了，手掌和脚板也大了不少——她慌张地发现，大腿内侧流着暗红的血，让沾满尘土的皮肤劣迹斑斑。

手放在肚脐上，一股热流在内脏里轰鸣。她屏住呼吸，不知道这是她的初潮，却能感觉正是它唤醒了沉睡中的自己。

鬈毛在土凹旁小心翼翼蹲下，寻找着什么，她并没有把握，所以也不着急。

她得到了想要的，一些被泥土裹着的小石头。放在掌心数了数，共有十五颗，继续找了一会儿，又拨拉出两颗。

鬈毛意识到脚下有些异样，走路的步姿略有高低。她瘸了，这是黑杠头摔她留下的后遗症。她来到了那块猫耳状的池塘边。荡涤着手里的小石头，它们呈现出原貌，是鬈毛昏睡时自行脱落的乳牙。

草丛里那个小小的坟还在，上面长满了青草，没有人工堆砌的痕迹，恰似天然的一个土包。

鬈毛将破得不成样子的土布褂子脱去，捧起池塘里的水，洗濯身上陈年的污垢。

她用力蹭去一脸的皴，把眉眼搓揉出来。她特别想知道如今的模样，等涟漪散尽，水面回复了平静，她终于看见了久违的容颜。与过去相比，它似曾相识，又素昧平生。鬈毛怔了一下，认出了池塘里的面孔，它轻微摇晃，是一种遥不可及的清晰，鬈毛泪流满面道，娘。

水里的女人向鬈毛伸出手，鬈毛没有犹豫，迎合着伸出了手，把掌心中的乳牙毫无保留地交给母亲。

十七朵小水花绽放开来，幻境中的影像再次被打破了。从今往后，鬈毛再没能与母亲相遇。事实上，她从未见到母亲，意念中复制出来的只是未来的自我。这是岁月留给她的参照物，也是她不敢与自己相认的原因。

然而她已脱胎换骨，经过一番清洗，呈现出女人的性征。虽未完全长成，胸前鼓起的小不丁点的乳房和正在打开的胯部，倒映在诚实的池塘里。

那件烊化的土布褂子无法再上身，鬈毛摸了摸屁股，尾巴也变粗了一点。她一丝不挂，穿行在树林里，准备去国香那儿偷件衣服。她记得大瓦房前的空地上有东拉西扯的绳子，窑姐们把衣物晾在上面，任由它们在风中悠荡。

林中路线熟稔于心，好像仅仅告别了一天之后的故地重游。她接近了目的地，放慢脚步，摸了摸残疾的右下肢，它跛得并不厉害，也不疼，仿佛是一条天生的瘸腿。

对发生在身上的暴力，鬈毛心有余悸，穷凶极恶的黑杠头在眼前闪过，她立刻把双目合拢了。

过了五秒钟，重新睁开眼睛，躲在树后朝国香的窑子张望。她简直不敢相信，哪儿还有什么大瓦房，映入眼睑的是一堆堆渺无人迹的瓦砾。

这个场景告诉鬈毛，在她昏迷不醒的日子里，外部世界发生了翻天覆地的巨变。她站了片刻，失落地走开。她突然想起了造桥工地，小山坡上找到向江边远眺的位置。此刻，气势恢宏的大桥轮廓鲜明地架设在了江中，正竭力往远方延伸。虽还未与对岸连成一体，却有了胜券在握的自信。陆地上的部分，一根根插在粗粝泥土上的桥墩，正用水泥横梁衔接，袒露出的硬朗线条，使之看上去不再像没有旗幡的旗杆那样凌乱无序。

当天深夜，鬈毛溜到造桥工人宿舍，偷了一套工作服，顺手牵羊拿了块毛巾，叠了两道，抄在裤裆里。穿上工作服，把脚套进了一双胶鞋。松松垮垮的衣服显示出她的瘦削，她把袖子挽起来，把裤管朝上卷，胶鞋不跟脚她也有办法——鞋尖处塞进一些破布——总之，乔装打扮后她成了一个不起眼的童工，这正是她所希望的。

就像历史的重现，鬇毛又开始了漫无目的地游荡。有时来到集市，更多的时候则出没在河流交叉的旷野。她腹中的太岁仍在发挥效力，让她与食物绝缘——她试图吃点东西，结果全呕了出来——可发育并未因此受到影响。不知不觉中，她取出了胶鞋里的破布，挽起的袖子和卷起的裤管也放了下来。

发生在身上的一系列不可思议的现象，让鬇毛相信自己真的鬼魂附体。不由手足冰凉，露出落叶似的愁容。

不出两年，鬇毛拥有了肥嘟嘟的乳房，胯部也夸张地衬出了腰肢。

她适应了周期性的流血，坦然迎接它的光临。

她到处乱走，行动范畴大致固定在一个区域。在一片断梁颓垣之间，给自己弄了个住处。她在大桥周边跑来跑去，形影不离的只有她的影子。

她偶尔仍会想起国香，感慨这个神气活现的女人的命运。她的窑子怎么会遭到灭顶之灾？要知道她是多么厉害的角色，怎么会保护不了自己的家业？她如今身在何处？是否已丧生于坍塌的废墟之中。

鬇毛坐在河漫滩上，余晖里变幻莫测的火烧云令她心旷神怡，划破黉夜的流星又让她黯然神伤。难得的是，她目睹了罕见的海市蜃楼。这种特殊大气折射下产生的光合现象，对岛屿上的土著来说，当属无法解释的神话。鬇毛的嘴完全张开了，她看到了蛤蜊精的显灵。那幅比真实虚假一千倍，比虚假真实一万倍的图画就悬挂在天际。一个小伙子在水里挣扎，一会儿沉下，一会儿漂起。大江吞噬了他，奇谲的情景接踵而至，小伙子被什么东西托着慢慢浮起。鬈毛揉揉眼睛，认出那正是年轻时的老渔夫。她也曾遭遇了同样的历险，知道最终托起他的并非蛏子一样的小岛，而是一只硕大无朋的龟王。

年轻的渔夫瘫软下来，晕倒了。画面在这里定格，又过了一会儿，有一股类似风的力量撼动了它，使它色泽变淡，支离破碎，直至隐遁在大江深处。

26

一年半前那场大规模流行的梅毒，传染了每个与国香的窑子有染的人。先是溃烂，然后是失明，最终危及生命。从可怕的瘟疫发轫到控制住肆虐，共有二十四人殒命，包括窑姐七人，嫖客十四人，还有三名被间接传染的良家妇女。

无人知道噩梦是如何降临的，实际上，自打有了国香的窑子，名目繁多的性病就在江边屡见不鲜。也难怪，处于交叉感染中的生殖器们免不了会中状元。轻则发炎长阴虱，重则生脓疱，更遭殃的开出腐烂的花朵。

国香既然操起这个营生，总有解决之道。譬如，她常备了堕胎药以对付窑姐们的怀孕。针对性病，又不知从哪儿搞到了土方，涂在患处，说不上药到病除，却能控制住症状。

此外她还有一味以毒攻毒的口服粉剂,据说是用全蝎蜈蚣蛇蜕干蟾研磨而成,配合外用草药,治标又固本。

有了护身符,嫖客和窑姐变得对性病麻木不仁。国香的土方其实成了纵容他们的春药。人一旦失去禁忌,老天的惩戒就不远了。

国香的灵丹妙药不是一夜间疗效尽失的,这些土方经过长期滥用,使人群产生了抗药。乱交搅混了人们体内的病毒,变异从根本上篡改了病毒性质。没有人觉察到危险正贴身而至,纵欲依然是男人们填补空虚的首选。直到出现首个死亡病例,大家兀自不知不觉。他们不知道好日子快到头了,强大的梅毒正虎视眈眈祭起屠刀,国香再也不是他们的救星,土方已经回春乏术。

率先死去的是一个叫春燕的窑姐,她咽气时全身都烂了,眼眶里长出了蛆,从头到脚连一口痰大小的健康皮肤都找不到。也可以说,她的皮肤不翼而飞了,裸露在空气里的只是血淋淋的肌肉和神经。

春燕蹊跷的暴毙并没引起警惕,大家都认为她丧身于某种古怪的疾病,没把她的送命与卖淫挂起钩来。国香用剩下的右眼睥睨了一下春燕,厌恶道,死得这么难看,想当初她可是一枝花。

扯着嗓子叫道,阿旦,死人啦。

阿旦歪着脑袋粉墨登场了,他现在是国香的搭档。黑杠头与刘大牙火并后不久,他填补了黑杠头生前的位置。

独眼龙国香有一天来找他诉苦,说当一个无依无靠的寡妇实在太难了,黑杠头尸骨未寒,打手们就不把她放在眼里了,窑姐们学会了顶嘴,主顾们赖账赊账的次数也越来越多,照这样的架势,窑子是撑不下去了。

阿旦明白国香话里的意思,心头窃喜,造桥指挥部下达了逐客令,他和赵和尚兄弟正为往后的生计犯愁呢。国香的暗示再明白不过,阿旦脸上深藏不露,等着她把话说完。

口没遮拦的国香这会儿倒有点吞吞吐吐,对她的顾虑阿旦心知肚明,他慢条斯理给了国香一个台阶——

有什么难处你尽管说,没啥抹不开的,当初还是我带你到这儿来的呢。

国香擤了把鼻涕道,我让你当掌柜的,你和赵和尚兄弟来帮我吧。

阿旦明白了什么叫天无绝人之路,他丢了工地的苦差,却捞上了一个掌柜。明明心里美死了,却装腔作势道,我跟赵和尚兄弟商量商量,明儿给你答复吧。

回去告诉两个活土匪,他们一听有这等好事,嘴都乐歪了。第二天一早,国香看到阿旦来了,旁边跟着吊儿郎当的赵和尚兄弟。

阿旦道,有我和两个兄弟在,往后不怕有人欺负你了。

就这样,阿旦和国香搅和在了一起。兄弟三人在大瓦房前的空地上喝酒,王老屁喜形于色道,他妈的老子也有今天,真是老天瞎了眼。

阿旦叹了口气，别忘了，我们有今天，是刘大牙拿命换来的，这一杯先敬他。

国香端着菜过来，刚好听见这段对话，看见阿旦和赵和尚兄弟把海碗里的酒倒在了地上。想说些什么，话到嘴边，又咽了下去。

阿旦的加盟果然使窑子恢复了秩序，打手们对国香重新俯首帖耳，她的底气又回来了，作为一个性欲旺盛的女人，除了老鸨的身份，她还是臭名昭著的破鞋，同男人搞上一把是她最热衷的事。可刘大牙弄瞎了她的左眼，尊容让人瞅一下都发憷，更别说提起兴趣了。风骚的国香被嫖客们彻底冷落了——欲火中烧的她连强奸男人的念头都有——阿旦却适时爬上她的床，她心里明白，阿旦这么做是知恩图报，可能还掺杂着少许同情。尽管如此，她还是爱上了阿旦，她明知故问道，阿旦，我丑么？

阿旦嗯了一声，很丑。

她又问，那你为啥还来？

阿旦道，工地上头一个肏你的是我，最后一个也得是我。

阿旦的回答让国香心酸，她埋怨道，你没过去行了。

阿旦道，年龄一上去，别的地方都硬了，就它变软了。

国香道，我有个秘方，把木莲菟丝子还有鸡头米捣烂煎服，你可以试试。

阿旦道，有件事问你，工地上拿我们哥几个开刀，是不是你和黑杠头捣的鬼？

国香脸上飘过一只慌张的水母,她没抵赖,嗯了一声,承认了。

阿旦笑了笑,我也不瞒你,要不是那天晚上死了人,你这两间大瓦房早成锡箔灰了。幸好没真的烧了,要不我今天也当不成这个掌柜了。

阿旦就把预谋纵火的细节描述给国香听,虽是未遂事件,还是把国香吓得够呛。她跨在阿旦身上的双腿偏离了位置,人瘫到一边,口中念念有词,黑杠头,你死得好,你命里该死,我才不管你死活呢,你要不死,我的房子就活不了,所以说你死得好。

阿旦乜斜着谵妄中的国香,推了她一把,让她从迷失中缓过神来。

国香做了一件让阿旦瞠目结舌的事情,买了两百只大缸,几乎占尽了大瓦房前的空地。窑子里的人被发动起来,从河里提水上坡,把每只大缸盛满。大家累得人仰马翻,叫苦不迭。有好事者数了数,共一百八十七只大缸,缺失的十三只,当然是给敲破了。

有了这个缸阵,国香的心病算是治愈了大半。然而水乃活物,古话说流水不腐户枢不蠹,在缸里盛着,又时值初夏,很快就发臭了,用手捞一下,水是黏的,等于一百八十七只臊尿坑,成了蚊虫最好的滋生地。除了蚊子,扑鼻的隔宿味熏得大家怨声载道,国香自己也受不了,只好命令将暗绿色的水倒掉，换上新鲜河水。显而易见，无人愿意干这吃力不讨好的活。大家磨磨蹭蹭不肯动弹，阿旦也觉得挠头，他清楚有了第一次换水，意味着还会有第二次第三次。为了一场子虚乌有的火灾这么做，实在有点得不偿失。他发明了一个愚蠢的好办法，用塑料纸把缸口封起来。

这个偷懒术维持了没多久就宣告失败，大缸里的水发芽了，塑料纸被顶成了坟包，脏水与长了翅膀的水草被炸出很远。

阿旦只好收拾残局，让手下把剩余的塑料纸解开，到小山坡脚下去拎新鲜河水。

封存的办法不行，阿旦又生一计，在缸里放入明矾，水果然就清了，算是扳回一局。

不过好景不长，明矾虽能净化水质，等它分解得差不多了，水的发酵便又故伎重演。大缸里钻出了碧色的水葫芦、浮萍还有空心莲子草。阿旦的沮丧溢于言表，又拿出了新方案，准备在大缸里养鱼。鱼可以把死水激活，还能吃掉孑孓，看样子他是被气糊涂了，才冒出如此好笑的念头。

幸运的是，尚未等他把鱼捉来，国香便喜滋滋地跑来了，她像捡到了金元宝，说话都有点语无伦次——

阿旦，别再为这些大缸操，操心了，用不了几天，它们就要搬，搬，搬走啦。

事情是这样的，国香打听到造桥工地要统一换水泵，就赖在指挥部里死磨硬缠，叫他们在小山坡下也安上一台。那些人拗不过她，就答应了。

国香得意道，把水泵一装，接上水管和喷嘴，就能把河水打上来，真起火了，他妈的也不怕了。

阿旦道，你一闹他们就答应了？准又给当头的好处了吧？

国香道，那有什么，水泵的钱是公家出的。

阿旦道，可凭什么就便宜了你。

国香只得摊牌，我答应了给李大胖子再找个黄花闺女。

阿旦道，这才像你国香干的事。

国香提到的李大胖子，是造桥指挥部的副总指挥。工地的队伍分为两大阵营，在两岸分别安营扎寨，总指挥驻守在江对岸压阵，李大胖子其实就是岛上工地的老大，也是江边最有权势的人物之一。这家伙行伍出身，腹大如鼓，笑起来像弥勒佛，骨子里是个好色之徒，对女人贪得无厌，到国香这儿来，姑娘都是双份。

窑姐们对李大胖子恨得咬牙切齿，女人挣扎得越厉害，他越来劲。他曾将窑姐的脸揍得面目全非，还曾咬掉过窑姐的乳头。他与国香约法三章，对新来的姑娘享有初夜权。

李大胖子虽然变态，伪善手法倒是一流，既不得罪辖区行政机关，也不轻易与任何人翻脸。堆起腮边两坨大肉，获得了笑面虎的绰号。可有一点，大桥开工这么些年，运用息事宁人的处世哲学，愣是没让造桥工地出大的乱子，从一个侧面反映出他的手腕。抱着副总指挥这个肥缺，李大胖子活得跟老爷一样滋润。

李大胖子死为花下鬼，荒淫无度为他的不得善终埋下了伏笔。春燕咽气半个月后，他步后尘，成了超级梅毒的二十四份祭品之一。此时梅毒已夺去七条人命，江边陷入了大规模的恐慌。

调查组是下午抵达国香的窑子的。这是一支兴师动众的队伍，十名警察、六名医师外加四匹警犬，浩浩荡荡挺进小山坡，站在两间带楼梯的大瓦房前。

这里是重灾区，窑子里的人无一幸免都染上了梅毒，萧瑟而岑寂的树林包围了鸟群的哀鸣，来自冥府的勾魂手在大瓦房的屋顶上龇牙咧嘴。

从踏进第一道门阃开始，调查组就发现疫情比想象中要严重得多。患者完全丧失了自救能力，除了少数症状稍轻的人尚能走动，屋内全是苟延残喘的病体。这是一场真正的瘟疫，简直可以同发作的鼠疫与麻风病媲美。

随后一段相当长的日子里，别处的梅毒患者亦被陆续转到了这里——国香的窑子被当作了诊治所——由于病人太多，大瓦房前的空地搭起了临时大棚，医师数量也相应增加到二十多名。尽管如此，人手还是不足。

由于是变异梅毒，普通抗菌素难以起到抑制作用。医师们只能加大剂量，作为拖延病人生命的权宜之计。

岛外的医学实验室传来消息，成因复杂的病毒样本终于被破解——真是当之无愧的杨梅疮之王，集淋病尖锐湿疣软下疳等十多种性病之大成——负责化验的技师看着培养基，一时说不出话来。过了片刻，指着显微镜下的样本道，冰冻三尺非一日之寒，这样作践自己，老天还能不收拾他们？

窑子的四个主角，国香阿旦及赵和尚兄弟，同样没逃过此劫。国香的病情来势最猛，连右眼也没保住，瞎了。她不想活了，瞪着两只窟窿整天干嚎。

赵和尚兄弟属于最早被控制住病情的患者，他们却有另一种压力。他们明白，对这场大规模的疫情，调查组肯定要秋后算账，他们放出风来，将以组织卖淫和过失杀人两项罪名将四名主犯绳之以法。双目失明的国香已生不如死，下场大不了就是去阎王爷那儿报到，她说不定正求之不得。

赵和尚兄弟可不愿坐以待毙，哪怕隐姓埋名，也得活下去。他们酝酿着逃跑，只是在梅毒治愈之前，还不敢走。因为他们不可能从躯壳内逃跑，病毒同样可以把他们消灭掉。

老谋深算的阿旦也在寻找时机，他决定带国香一起逃跑。比赵和尚兄弟高明的是，他知道机会只存在于病愈之前，一旦梅毒被控制住，人也就被控制住了。

不过对赵和尚兄弟的计划，阿旦倒是一清二楚，哥俩对他这个老大哥没任何隐瞒，他们不准备撇下他，他们是讲义气的无赖。

阿旦不准备领他们的情，表面应和，心里将他们放弃了。四个人目标太大，他要留下他们做替罪羊。

阿旦暗地里为失踪作好了充分准备，他用顺手牵羊的方式得到了不少针剂和药品，还学会了给自己进行肌肉注射，虽然僵硬的手势每次均造成了剧痛，毕竟使自救的成功率大大增加了。

阿旦在一个月色撩人的夜晚，背着国香隐遁在茫茫尘世之中。他的失踪使赵和尚兄弟的逃跑不再成为可能。警察给他们带上了手铐脚镣，被严加监视起来。一俟他们康复，将立刻被押上囚车。

27

阿旦与国香的逃跑，实际上是对赵和尚兄弟的一种出卖。为防止此类事件再度发生，警察在展开追捕的同时，对赵和尚兄弟立刻进行了羁押。

这对憨直的年轻人如梦初醒，友情的背叛让他们痛心疾首。他们百思不得其解，为什么阿旦宁愿抛下手足之谊，要和一个丑得不能再丑的瞎婊子亡命天涯。阿旦从来不是一个笨蛋，他冒险把国香救出去，究竟出于什么目的？王老屁一拍大腿，想出了答案——

阿旦这王八蛋是想拿到国香的钱，你没听他平时抱怨，说国香忒精，把钱都藏到屁眼里去了。

赵和尚道，你这话有理，阿旦得了钱，马上就会把包袱甩了。

王老屁道，国香最后还是给他算计了，那么精的娘们，到底还是要不过阿旦，也是一物降一物。

赵和尚道，阿旦舍下咱俩，是怕跟他分那笔钱。他想一个人独吞，狗日的。

王老屁唉声叹气道，说什么都晚了，等着挨剐吧。

赵和尚摔着脚镣上的锁链，肏他妈的十八代祖宗，老子在这边享了几年福，换来个屈死鬼。窑子又不是咱俩开的，真他妈的比窦娥还冤。

王老屁道，要不是我们兄弟顶着，阿旦他个小老头早让那帮人给废了。我肏他妈，肏他妈的妈，肏他十九代祖宗，比你多一代。

两个年轻人满口喷粪，好像一对反刍的牛，吐出来的全是怨气。骂累了，彼此注视着对方，他们长得实在没一点相像处，如果不是那该死的癫痫，鬼才相信他们是骨肉同胞。

王老屁没吹牛，如果不是他和赵和尚护驾，阿旦怎能对付得了那帮乌合之众。打手们全是欺软怕硬的家伙，只认钱和拳头，后者则更具权威。

王老屁自幼跟着养父走南闯北，靠街头练把式为生，也学了几路拳脚，普通人两三个都近不了身。他走到吊儿郎当的打手们中间，嘴里叼着毛茸茸的狗尾巴草，摆出盛气凌人的架势——

拿人钱财替人消灾，黑杠头死了，人家国香可没少给你们一分银子，她还是老板娘。现在阿旦成了掌柜的，我和赵和尚也算半个掌柜吧。我们也是熟人，丑话说在前头，愿意好好干的，兄弟们一块儿吃香喝辣。不愿干的，可以另谋高就。不过有一条，捣蛋不行，光吃饭不干活也不行。别拿死鱼眼瞪我，不服的尽管上前，我王某人愿意切磋。

把江湖上那套照搬过来，开场白唱得有板有眼，完了还拱手抱了抱拳，一招一式弄得跟青面兽杨志似的。站在他旁边的国香和阿旦傻了眼，这哪儿是安抚，分明是在下战书。

赵和尚低声道，没事，我兄弟收拾这些鸟人，也就是嚼嚼麦芽糖。

事实证明，国香和阿旦的担心确属多余。没有金刚钻不揽瓷器活，王老屁的花拳绣腿还真管用，一下子撂倒了三个不甘屈辱的打手。他蹲好马步，出手奇快，还没等人看清楚，对手就无一例外跌出圈外，来了个狗啃泥。

当然王老屁也受了点轻伤，额角多出了一块青皮。可同战绩相比，谈不上失分。

赵和尚回头一瞧，趁着王老屁不注意，有一家伙准备偷袭。他飞起一脚，力气用大了一点，那小子跌出去足有十米之遥，如果是竖着踢，早挂到树梢上去了。

国香吐了下舌头，对阿旦道，今天算开眼了，全他妈的是脓包。有了你两个兄弟，还要他们干什么，回头就让他们卷铺盖滚蛋。

阿旦把国香拉到一边，劝阻道，不能这么办，请神容易送神难，虽然是饭桶，也得养着。说白了，留在这儿也就多六七张嘴吃饭，放出去就等于结下了仇，咱在明里他在暗处,俗话说,明枪易躲暗箭难防,在背后惹点事,够你受的。

国香想了想道,也有道理,那就便宜了这帮脓包。

就这样,赵和尚用武力降伏了喽啰们,那些家伙本非绿林好汉,说到底乃是猥琐泼皮,领教了赵和尚兄弟的身手,从此再也不敢造次。看到哥俩过来,唯唯诺诺喊上一声大哥,还算恪守了爪牙的品德。

武力使赵和尚兄弟的尊严得到了捍卫——至少在窑子的地盘里,再也没人敢对他们的身世指指戳戳。他们霸道的嘴脸一点不比黑杠头逊色,膨胀在潜移默化中生成,在国香面前也有了居功自傲的底气。不过对阿旦,他们仍言听计从。阿旦对两个年轻人的行径很不以为然,看在眼里,私下给他们敲了敲木鱼——

别小瞧了国香,她能办这个窑子,靠的不是咱哥几个,我们只是个帮衬。谁不知道这营生来钱,又有谁开了第二家?人家国香把这一片有头有脸的都给摆平了。没看见她跟黑杠头成亲那天来的都是谁,她不是盏省油的灯。

赵和尚不服气道,那她就用不着我们啦?

阿旦道,说白了,国香离开我们,窑子未必就开不下去,我们要离开这儿,到哪儿去过这好日子?记住了,该吃吃该玩玩,花无百日红,说不定哪一天好日子就到头啦。

阿旦一语成谶,阿旦的窑子真的遭到了天谴——并未毁于国香最忌讳的火灾,她好不容易弄来的水泵横卧在小山坡下的河畔，处于待命之中却未能派上一次用场——饿虎扑食的梅毒让这个淫窟成了瘟疫发源地，特别是李大胖子的归天，令国香苦心建立起来的庇护屏障轰然倒塌。

梅毒丑闻非但传遍了岛上，也惊动了江对岸的省府——岛屿属于省辖飞地——为此专门下达批示，责令卫生系统与警方联合组成调查组，尽快控制住疫情的扩散，缉拿组织卖淫的败类，捣烂那个臭名昭著的窑子。

消息很快反馈回来，失去了右眼的国香煎熬在彻底的黑暗中，全盲不影响她对形势作出判断——内心没有失明——大势已去，她以洞若观火的绝望，瞪着两只回天乏术的窟窿干嚎。

生不如死的国香使调查组放松了监视，没有人觉得她会逃跑，倒是神色诡秘的赵和尚兄弟引起了怀疑，还有那个阿旦，也有点鬼鬼祟祟。调查组并未立刻采取措施，轻敌的理由很充分，病愈前这些人不敢轻举妄动，层出不穷的死亡病例已公布了病毒的野心。

尽管如此，调查组不愿看见的事还是发生了。借着夜色的掩护，阿旦与国香消失得无影无踪，连四只老奸巨猾的警犬也没察觉，大意失了荆州。

警方调集力量投入了追捕，临时诊治所里的人等候着音讯。特别是赵和尚兄弟，像被烫开的贝壳里的两块蚌肉，心急火燎地盼着阿旦和国香归案。从这一点能看出他们全无宽容之心，是锱铢必较的小人。

将功补过的还是警犬，用锋利的嗅觉把阿旦从乱草丛中叼了出来。他已奄奄一息，紧攥着一只可疑的野葫芦。现场没有发现国香，在百密一疏的搜寻中，这个双目失明的女人令人费解地摆脱了追捕。

阿旦眼眶青瘀气若游丝，有经验的医师立刻看出是中了毒，及时的洗胃让阿旦捡回了一条命。问题果然出在那只长歪的野葫芦身上，阿旦是喝了里面的水之后不省人事的，国香趁他不备下了毒，对此他毫无防备，因为她也用同一只野葫芦饮水。正如赵和尚兄弟猜测的那样，救国香是假，觊觎她的钱财才是阿旦的真实目的。他的计划几乎快实现了，然而道高一尺魔高一丈，没等他下手，国香将他放倒了。

阿旦醒后被带上了刑具，在审讯处，他涕泪交加——

歹毒莫过妇人心，我阿旦一路上没跟她提过一个钱字，她凭什么恩将仇报？

盘问他的警察冷笑道，你这是自作聪明，以为不提钱字国香就猜不透你的心思？你背着一个废人，她身上又带了不少钱，她能不清楚你在动什么脑筋，你当人家脑子也瞎啦？

阿旦叹了口气，我是让钱迷了心窍，光想自己这头了，我输得心服口服。狗日的国香，你没瞎，是我阿旦瞎了。

为防止再生事端，调查组腾出了三个单间，把阿旦和赵和尚兄弟隔离开来——他们病情比较稳定，再经过一个短暂的观察期，倘若不复发，就要被押解上路了。

对警方来说，国香的逃脱是重大失职。她是真正的主犯,而且是两眼一抹黑的盲人,居然人间蒸发了——更为嚣张的是,在逃亡途中,还差点毒杀了一条人命——她的漏网,着实让警方的颜面下不来。

一波未平一波又起,国香这边还没归案,临时诊疗所又出了纰漏,开王老屁脚镣的那把钥匙突然不见了。

保管钥匙的警察准备碰碰运气,自己先查一下。他怒气冲天地来找王老屁,冲着他当胸就是一拳。王老屁被顶在墙角,平白无故挨了揍,他一下子懵了。

保管钥匙的警察道,拿来。

王老屁丈二和尚摸不着头脑,又气又急道,拿来什么?你他妈的凭什么打人。

保管钥匙的警察道,打的就是你,脚镣钥匙呢?你他妈的不拿出来,老子今天就打折你的腿,让你有钥匙也没法跑。

王老屁知道了事由,反倒平静下来,我没拿你的脚镣钥匙,要真在我手里,我还在这鬼地方呆着?早他妈的跑了。

警察觉得王老屁所言不是没道理,有点心犹不甘,便开始搜身,他搜得很仔细,把臭烘烘的鞋垫都掀出来看了一遍,然后收住了手,威胁道,不管你把钥匙藏在哪儿,要是敢逃,就一枪撂倒你。

在王老屁嘴角的嘲讽中,悻悻然走开了。

又分别来到赵和尚和阿旦的单间,用同样的方式,先当胸一拳,再切入正题,最后来一遍搜身。他依然一无所获,只好垂头丧气汇报去了。

上司对这名粗心的部下大光其火,训斥道,你他妈可真会挑时间添乱。

其他警察很快被召集过来,上司提醒对王老屁等人务必加强看管,以杜绝节外生枝的事情发生。一出门,那名警察就受到了同事们的埋怨,犯这样的低级错误确实很不应该。

又过了一天,突然柳暗花明,国香出人意料露了面。她在集市上步履蹒跚,起初谁都没把这个老态龙钟的瞎婆子与国香画上等号,直到收市之后的黄昏,一个逮蟋蟀的男孩在茅房拐角处发现了她,她从一只布袋里掏出纸币往嘴里塞,吃得津津有味,咽得十分艰难。男孩吃惊地站在那儿,他当然不知道这个白痴老女人并非等闲之辈。他吃惊的是,一个人为什么要把钱吃下去。

男孩肯定在想,要吃饱可以把钱换碗面条,要解馋,可以把钱换成硬糖。直接把钱吃下去,不就是在吃纸么?他看傻了,等到想起来去叫大人,国香已经被最后一沓纸币噎死了。

围上来看热闹的人越来越多,国香倒在地上,一张纸币的尖角从嘴边露出来,四肢偶尔还动一下。她已经死了。大家议论纷纷,有人说,白天我见过她,真没认出是国香。另一个人道,真是作孽,当初也算是个人物,死了却连收尸的人都没有。

淅淅沥沥的雨丝飘舞,天色快速黑下来,黄昏的浅灰被密密匝匝的乌云吞噬了。围观的人逐渐散去，那个男孩被淋成了落汤鸡，右手在空中划了个半弧，扑扇着双臂跑开了。

国香出现的消息让警察喜出望外，未敢懈怠，冒雨下了小山坡，奔赴了现场。

未曾想，却晚来一步，出事地点活不见人死不见尸，哪里有国香的踪影。前来报信的人从泥泞中提起一只布袋，国香就是从这里面拿钱吃的，我看见她被噎死了，难道还能死而复生？

国香没有死而复生，经过一夜寻找，警察在河漫滩上发现了尸首。她被人开膛剖肚，食管和胃囊被剪开，她终于没能保住她的钱，消化系统被彻底翻找过，盗尸人没给她留下一分一厘。

28

押解的时刻到了，囚车停在黎明的小山坡下，是一辆经过改装的厢型货车，它将开往岛屿西南部的县城，三名案犯在那儿接受审判。

在大瓦房前的空地上，已经痊愈的赵和尚兄弟终于看见了阿旦，他们昔日的大哥赶紧把脑袋偏开了，这个动作证实了他的心虚——自从被抓回来之后，赵和尚兄弟还是头一回见到他——脸上泛起了酡红，可能是体虚盗汗的缘故，也可能是来历不明的紧张造成的。

阿旦背着那只长歪的野葫芦——一根布绳扎在它腰间，体积很大，开口处被弄开了，蓄水不能装太满，否则会晃荡出来——阿旦用毛巾搭在它顶部，往腰边搨了搨，走路还是慢条斯理的，这只差点让他送命的野葫芦倒像是命根子。临上车前，他把头低下，冲自己阴阳怪气笑了一下，脚下一块水洼也冲他阴阳怪气笑了一下。

由于三个案犯戴着脚镣，车厢与地面之间架了一条长木板，好让他们挪步上行。走在后面的赵和尚幸灾乐祸哼着小调，借此羞臊阿旦，他的得意忘形遭到了警察的断喝——

狗日的，是让你去蹲大牢，不是娶媳妇。

赵和尚美滋滋回答，知道，知道。

王老屁走在最后面，脚下是哗哗啦啦的铁链声。他看上去有点心不在焉，分明又被什么东西照亮了。他上车的时候回头朝坡上望了一眼，没有人注意到他瞳孔里的感激。

囚车上共有三名警察，除了一个留在驾驶室里兼任司机，另两名则与三个案犯挤在车厢内。车轮开始转动，全部行程大致需要十三个小时，也就是说，要到天色擦黑，囚车方能赶到此行的终点。

赵和尚坐在阿旦正对面，沿途他喋喋不休取笑着阿旦，唾沫星子喷在阿旦低垂的头顶，阿旦对赵和尚的数落不予理睬，似乎是微醺中的打盹，脑袋随着囚车一颠一簸。

赵和尚的恼火不言而喻，要不是被手铐束缚了双手，他会毫不犹豫左右开弓，掴阿旦两记响亮的耳光。

螺旋形的潮气在光线中吞云吐雾，晨曦恍惚而过，鹅黄色的露水贴在唯一的车窗上滚来滚去。阿旦的死活不搭理让赵和尚的单簧演砸了，他瞅了瞅自己的兄弟，嚷道，你哑啦？上了车，没见你嘴巴蹦出一个字。

王老屁道，没见我难受着么？屁眼里憋着一泡屎。

赵和尚道，那不得活活憋死，得把它拉了。警察，停下车，我兄弟要拉屎，他憋不住了，脸憋得跟屎一样难看啦。

他放肆的吆喝招来膝盖上的一脚，踢他的警察骂道，你碎嘴老太婆唠叨到现在，懒得说你，你倒上脸了。

说着把脸转过来道，我告诉你王老屁，甭动什么花花肠子，出门前干吗去了？车还没跑热呢，屎就到了屁眼，你就憋着吧。

王老屁道，我就猜到你们要这样说，所以憋着一直没吱声。

警察道，憋得好，好好憋着吧。

王老屁道，出发的时候光寻思着要蹲大牢了，根本没屙的感觉。车子一开，肚子疼起来了。没骗你们，要不让我不得好死。

警察道，你当然是不得好死，你立刻放出一个屁来，我就相信你让你去屙。

话音刚落，匍的一声王老屁就交了差。弄得那警察哭笑不得，看了看他搭档，真他妈的邪门，好像在屁眼候着，等着我这句话。

另一个警察皱着鼻子,吃的什么东西,整个黄鼠狼的屁。让他去屙,否则一路上不给熏死。

说着取下腰上的手枪,用枪把敲击驾驶室后窗。囚车路边停了下来。俄顷,穿警服的司机把车厢铁门拉开,抬着脖子问道,出什么事啦?

他的同事指了指王老屁,这家伙要拉屎。

穿警察服的司机道,捣什么乱,憋着。

车上的警察道,他的屁忒臭,狗娘养的,实在受不了,让他去屙。

穿警察服的司机很不情愿地朝王老屁喝道,要屙还不快点。

王老屁问道,谁有草纸?

边上的警察骂道,找张树叶一擦不就行了,还穷讲究。

王老屁把手铐凑过来,帮忙打开一会儿,我够不着擦。

那警察瞪了眼王老屁,怎么够不着?屁眼离你两里地啊?再啰嗦,就甭去了。

王老屁讨饶道,行行行,我用树叶,行了吧。

站起来一只手捂着肚子,另一只手在赵和尚肩头拍了一下,跳下了车。

穿警服的司机跟在王老屁身后,两个人往东走——那儿有一间被风刮塌了的草棚,应是农人用来看守庄稼的——脚镣限制了王老屁的速度,他在中途弯下腰来,摘了两片蓖麻叶，嘀咕道，我龟，这玩意儿怎么个擦法。

到了废弃的草棚旁，王老屁脱了裤子往下蹲。穿警服的司机站在离他五六步远的地方监视着。

王老屁道，你看我我屙不出来。

穿警服的司机骂道，你以为老子要看你拉屎，老子是怕你狗日的滑脚溜了。

王老屁道，又是手铐又是脚镣，我就是只麻雀都没法飞。

穿警服的司机点了根烟，背对着他道，别磨蹭，屙完了上路。说着踱到旁边过烟瘾去了。

一丝紧张的笑容从王老屁脸庞浮起，他把卷起的袖口放下，如同一个变戏法的老手，两根手指间已夹住一把钥匙，它正是用来开脚镣的。王老屁没料到，这把昙花般突然消失的钥匙竟在水荷手里——破晓时分，当他和赵和尚以及阿旦分别从被禁闭的单间放出来时，空地上站满了看热闹的人。水荷靠近了他，她动作奇快，先用眼神暗示，接着碰到了他的手。他虽未猜透水荷目光中的意图，动作却严丝合缝。当带着体温的金属小件到达掌心，触觉立刻告诉了他那是什么。他若无其事挽起袖子，把水荷的心意藏好。拖着哗哗啦啦的铁链声下了小山坡——此刻，王老屁顺利地打开了脚镣，将两只铁箍松开了，他真的拉了泡屎，两张蓖麻叶也派上了用场。王老屁提起裤子，把裤带扎紧。

警察返了回来，把烟头一扔，解决了？

王老屁点了点头。

警察道,解决了干嘛愣着,快走。

王老屁以迅雷不及掩耳之势跳出了脚镣,将手铐的链条勒住了警察的咽喉。巨大的冲力使两个人同时摔倒了,王老屁手里一点都不敢松懈,他骑在警察背上,人往后仰,把警察的脖子扳成了鹅颈。窒息给警察带来了畏葸,留给他的时间很少,他本能地去摸枪。这个动作令王老屁乱了方寸,为了阻止手枪出壳,失策地去摁警察的手。这关键的零点一秒,使因大脑缺氧而陷入混沌的警察摆脱了王老屁的封喉术,他终于掀开了枪壳,王老屁再要去夺,来不及了。警察侧身而起,冰冷的枪管顶住王老屁的肚皮,立刻扣动了扳机。

枪声在空旷的田野宛若一个惊叹号,车厢里的两名警察神色大变,只见赵和尚把头一歪,摔倒在了阿旦脚边。正欲纵身下跳的警察把头一回,问道,怎么回事?

阿旦以见多不怪的口吻道,他这是羊角风,过一会儿会醒过来的。

两名警察山猫般扑出了车厢,朝草棚的方向奔去。

阿旦意识到出事了,那记清脆的炸响与高升炮迥然不同,他从未听到过枪声,但相信那是子弹射出枪膛的声音。

他扒住车门探出脑袋,这个角度恰巧挡住了视野,他让身体悬空一些,还是没能看见警察和王老屁,刚准备跳下车,听到背后传来了呻吟,是赵和尚在呼唤他——

阿旦，阿旦，我要死了。

阿旦愕然回首，赵和尚已经醒转，他没有像羊角风发作时口吐白沫，哇地一口，鲜红的血喷向了车壁。涣散的目光表明瞳孔放大了，他痛苦地撕开胸前的纽扣。阿旦的心跳骤然停止了，他看见了无法形容的恐怖，腻滑的肠子顶出了赵和尚的肚脐，如同抽芽的藤蔓快速游动，弥留之际的赵和尚已说不出话来，他不甘心地抓住叛逃的肠子，试图塞回自己的腹腔。

五分钟后，三名警察抬着王老屁的尸体，扔进了车厢。子弹钻进了王老屁结实的小腹，他破烂不堪的肠子散发出浓重的臭气。他的死亡连累了他的兄弟——他们是真正的一母同胞——哪怕长得没有丝毫相似之处。

29

乌鸦衔着阴天盘旋在荒芜的滩涂上，许多被舍弃的房屋由于风吹日蚀，坍塌成泥，这是当年造桥工地垦荒时形成的自然村落——由于疏于管理，工人们蚕食滩涂的积极性空前高涨，导致辖区行政机关向造桥指挥部提出了交涉。理亏的造桥指挥部作出了让步，勒令工人限期返回集体宿舍，农事则集中到租赁的一块马蹄形土地上重起炉灶——它渐渐被遗忘了，不过后来，正是由于疏远与偏僻，反倒吸引了一些特殊的居民。她们不是别人，正是国香窑子里的那些窑姐。

在那场梅毒的瘟疫中,她们失去了七名姊妹,而死里逃生的三十二人在病愈后被处以三至六个月的劳役。最先被释放的四名窑姐入行时间较短,年龄也相对轻一些,甫获自由,她们星夜赶往江边的那个小山坡。虽然听说调查组为杜绝后患,撤离前釜底抽薪,将两间带楼梯的大瓦房毁掉了。可她们认为房子不至于被彻底破坏,修缮之后还能作为栖身之所。

等重回故地,失望大于希冀,映入眼睑的只是一堆堆瓦砾,别说房子,连一堵完整的墙都没留下。

正当她们为没有一个落脚处而一筹莫展的时候,一个叫金萍的女人拍了下大腿,我想起来了,过去有客人跟我提起过一个被扔掉的村子,我们分两路去找。

年龄最小的秀英跟着金萍绕了很长一段路,率先发现了那个地方,果然是一大片没人住的遗址。房子虽不少,因是砖泥结构,倒掉的居多——即便新的时候,也没法跟国香的大瓦房比——秀英钻进其中还算入眼的一间,屋内摇晃着黑暗,长满了半人多高的杂草。秀英退出来道,黑咕隆咚的,全是草,怕是有蛇。

金萍道,怕什么,有蛇也是草蛇,抓来吃了。

秀英道,要不再转转?看看有没有更好一点的房子。

金萍道,都他妈的差不多,白费事。

话虽这么说,脚步并没有停下来。

继续转悠了一个多小时,选择的余地确实很小,越走越失望,终于折了回来,觉得还是方才那一间最合心意。地形有点乱,却又找不到了。金萍不由得发起了牢骚。恰逢其时,附近传来了说话声,对方也听到了这边有人,正循着声音找过来。秀英眼尖,叫道,水荷,青红,我们在这儿呢。

水荷也看见了秀英,你们也找着啦?早知道不用分开找了。

金萍走过来道,之前看见一间不错的,转了一圈又没了。

水荷指了指左边,我和青红也看中一间,你们瞧瞧。

秀英高兴道,就是这间,总算把它找着了。

四个窑姐在这里住下来,清除了房间里的杂草,慢慢添置生活的必需品。她们又开始招徕客人,重操旧业是她们的必由之路,只有身体才能换来亟需的食物和钱。致命的变异梅毒让她们成了惊弓之鸟,用金萍的话说就是——

现在没了国香的草药,再染上病就必死无疑了。

为此她们私定盟约,嫖客必须自行带好避孕套,否则就不跟他们上床。过去在国香的窑子里,那种鱼泡状的胶皮物也出现过。那是一些谨慎的嫖客预备好的,用它的一般是造桥工地上有些文化的工程技术人员,对他们来说,这东西虽然提高了安全系数,却不容易搞到。此外,避孕套还有一个缺点,刺激程度被降低了。只是四个窑姐相信,嫖客们同样被性病吓破了胆,在快感与性命之间会作出理性选择。

四个窑姐溜到工地上找老相好,将窑子重新开张的广告做出去。她们坚持用避孕套的声明流失了不少客源，不过生意仍是不错，集市上的货郎嗅到商机，设法弄了避孕套来卖。

事实上，窑姐们不可能对每个嫖客固守原则。肯定有犯规的时候，所以隐患照样潜伏在那儿。

自从安顿下来以后，四个窑姐总觉得有人在盯梢。那个亦真亦假的身影随着月亮出没在宅前宅后。有时候在接客，能感知到后窗趴着一个人。四个女人谁都不敢出去，偶尔也有胆大的嫖客打着手电筒想瞧个究竟，结果无一例外扑了空。

心里发怵的嫖客道，他妈的闹鬼了。

为了避邪，窑姐们在门前安了块镜子，在后檐悬了把剪刀。两件法宝并不灵验，鬼魅般的影子照样飘忽在暗夜里。

三个月后，第二批被释放的窑姐闻讯前来投奔。水荷用目光清点人数，发现少了十一个。未曾露面的窑姐各有各的不幸。五个失了明，两个闭了经，一个死于堕胎，一个自杀，剩下两个成了疯子。

一下子来了十七个叽里呱啦的娘们，水荷知道，从这一刻起，相对平静的生活被圈上了休止符，乌烟瘴气将笼罩这破败的村落。果然，没过一会儿，窑姐们便开始互相谩骂，这些泼妇哪个都不是省油的灯，为了抢占一间破屋子扭打撕咬，水荷她们去劝，却被一顿抢白——

最好的给你们拿去了，要不搬出来给我们住。

水荷看了看金萍、秀英和青红,朝她们使了个眼色,回到住处把门关上了。她们只能到此为止,再瞎掺和,就要引火烧身了。

鬈毛们闹得不可开交的时候,鬈毛正躲在阴影里朝这边偷窥,她认得这些叫嚣的女人,也知道她们的来龙去脉——此刻剑拔弩张的场面,暴露出她们的跋扈与骄横。只有在国香面前,她们才会服服帖帖。可那不是她们的本性,而是寄人篱下的委曲求全——相比在国香窑子里的时候,她们明显老了。经过长途奔波,浑身上下臭气熏天。她们还有另外的共通之处,因为怒火而瞪圆的眼珠白多黑少,劫后余生的枯槁比死人强不了多少。其中有一个瘦得脱了形,说话气喘吁吁,吵架的声音倒一点不比别人轻。

鬈毛在游荡中,获悉了许多她昏迷期间江边发生的事。集市是道听途说最集中的地方,每天收市以后,货郎与长舌妇会自发形成若干人堆,唾沫横飞,自圆其说。这是鬈毛一天中最充实的时刻,她像一棵好奇的树桩,旁听着各种各样的奇闻逸事。每个故事的细部会有些出入,到了结尾部分又殊途同归。她自己也是常被提到的主角,不过她不会因为心虚而离开,因为那个长尾巴的鬈毛已经被黑杠头摔死了。她喜欢自己死于流言的现状,每当听到这里,她出汗的手心就会松开,嘴角不经意地浮起笑容。

国香之死是人们议论得最多的一件事,那个被神秘的感应击毙的赵和尚也是老生常谈。除此之外,黑杠头与刘大牙的同归于尽,阿旦误喝了国香的毒药,以及死于梅毒的二十四个烂人——让鬈毛耳朵都听出了老茧。

可她似乎总也听不厌,一天太长了,她实在没办法将它打发掉。她没有朋友,也无须为食物劳神,她是个多余的人。只有这些光怪陆离的传说才能暂时化解她的寂寞。当那些饶舌鬼终于从黄昏中散去,她只得形单影只地回到那片村落的遗址。

阒无人迹的断梁颓垣之间,鬈毛的住处隐蔽在一间又矮又小的坯子里,它本来可能是用来饲养家畜的。由于淹没在一大片倒塌的房屋中,根本发现不了它。鬈毛用木板拼了张床,把旧凉席固定在弯成半圆的竹条上,捡来很多衰草,像狗一样爬进去。这个狭小的空间虽非小木船的重现,和遮篷的气息却有三分相像。

置身于逼仄之间,鬈毛回到了蒙昧的童年。她缅怀着橹声欸乃的往昔——小木船游弋在河流里,银白色的波澜荡漾开来。两岸的树和芦苇倒映在河面上,被船身压碎了。通常在这一刻,倦意开始渗透到脑海,她慢慢阖上眼睑,像是睡着了。静谧的水声从耳边潺潺流过,悠悠摇晃的舟楫比水还要轻,萤火虫提着灯笼在黑夜中到处碰壁。鬈毛感觉被一具重重的躯体压住了,她微弱地抵抗,试图想看清是谁爬到了身上,可她的双眸怎么都睁不开。那个人的嘴唇堵住了她的嘴唇,温热的汁液涌向舌尖,随着她的下咽而滑入食管。

鬈毛努力把头偏开,脱口而出——

来福，我不想再让你喂我吃了。

来福不理会她，吭哧吭哧喘着粗气，表情像野狗一样癫狂。他扯掉她的衣服，狐疑地看着她鼓起的胸部，你什么时候长出了奶子？他把她向另一个方向扳，使她双腿分叉，阴阜呈现出来，他的注意力迷失在这个器官上，又有了新的诧异——

你既然长出了奶子，怎么不长毛毛呢？

来福脱去上衣，扔在鬈毛脸上。鬈毛没去拿开它，她又闻到了类似植物腐败的气味，那股气味里似乎藏着的千军万马，踏碎了她的每一寸肌肤。她从屈辱中游离出去，来到了国香的窑子，在大瓦屋的后窗，像松鼠般爬上了树。她朝窗内张望，交媾中的男女近在咫尺，撩动着她敏感的神经末梢。她觉得下身被顶了几下，髋骨被硌得生疼。发情的春天绽放在来福每个细胞中，他乱了方寸。

鬈毛翻了个身，空虚注入了她的眼睛，烦躁像一件浸满水的棉袄把她紧紧捆住。她的手在木板上一抓一放，小臂快脱臼了，指甲中衰草的声音，融入了夜色的皱褶。

这是鬈毛的左手，它准确地落在了主人天然的伤处，如同触及了含羞草的叶子，双腿立刻夹紧了，惊慌的左手欲抽逃而出，却已晚了。

鬈毛两条蹬直的腿完全并拢，肌肉僵硬得几乎抽筋。她猛地坐起，却未能一头撞进来福的怀里。她的额角碰在了旧凉席上，那儿有一缕烟正化作人形飞走。她口干舌燥，向后仰去。在躺下之前,用臂肘支撑了一下身体,大口大口喘着粗气。濒死的冷意驱逐着她的灵魂,在肉体致命的沦陷中,清泠的露珠及时送来了一个激灵,她终于脱瘾而出了。

在昏天黑地的废墟与造桥工地之间,鬈毛磨蹭着一成不变的日子——有一回,她心血来潮地将累赘的长发剪掉了。嗖嗖的凉风吹开了她的浑浑噩噩,使她神清气爽地度过了一个下午。又有一回,她在集市上偷了件长满小红花的衬衫,穿着去照河水的镜子,在臭美中滑下了岸堤,差点让涨起的潮汐淹死。还有一回,她遇到了罕见的江龟,它足有轱辘那么大,朝她蹒跚地爬来。鬈毛恍惚想起了救过自己的龟王,它也许正是龟王派来的使者,她跟着它走了整整一天,起初江龟前行一段会回头看她,后来就自顾自爬个不停,临近傍晚,它止了步,把头足缩进了甲壳。鬈毛陪着它,直到星星全部拧亮了灯,才闷闷不乐地走开——四季相斥,岁月忽然。幽暗的世事在轻微摇摆,四个窑姐也来到了这片废墟,惊扰了她的寂寥。鬈毛对她们并无敌意,她暗地里旁观着这些卖春的女人。她们接客的时候,她躲在后窗偷窥。嫖客中很多有施虐倾向,在戏狎之余,喜欢又啃又咬,窑姐的叫声包裹在鬈毛熟悉的类似植物腐败的气味里。可以这么说,她正是被这种气味引诱而来,一些鱼泡状的胶皮物收集着它们,淫荡的颗粒悬浮在空气中,来历不明的窒息几乎将她击倒。

鬈毛的举动露出了马脚,她从屋内鬼鬼祟祟的对白中,知道了这一点。对她有利的是，四个窑姐均乃胆小如鼠之辈，给屋后的影子安排了一个鬼魂的身份。基于此，她们都不敢轻举妄动，倒是怂恿着嫖客出去练练胆子，也有爱逞能的男人错把自己当作了钟馗，拿着手电筒拐到屋后捉鬼。鬈毛的腿虽瘸了一条，移动的速度却一点不慢，声东击西的残墙给予她庇护，她用蜻蜓点水的方式拐过几个犄角，在暗夜中很快就杳无踪迹了。

鬈毛心里明白，其实并未遭到刻意的追赶，否则很难每次都胜利逃脱。她背后的脚步充满了虚张声势，那是忌讳在作怪，没有人愿意真的与鬼魂照面。

此刻，躲在阴影中的鬈毛觊望着那群罗唣不休的女人，她们身上透出不祥之兆，相比于先期到达的四个女人，她们谈不上姿色与年龄上的优势，然而经过浓烈的涂脂抹粉，她们会摇身一变，跟白骨精般骚劲十足。蛊惑男人是她们的看家本领，这压根不必替她们操心。她们三分像人七分像鬼，搔首弄姿的腔调讨人嫌弃，可男人会在胸脯和大腿面前败下阵来，她们使国香的窑子起死回生了。

吵闹声暂时消停，一个窑姐宣布了休战。她大惊小怪道，等一下，你们看那是什么？

然后去砸对面的房门，金萍把门打开一条缝，探出头问道，什么事招弟？

招弟指了指门框上的镜子，这儿闹鬼么，干吗要安照妖镜？金萍走出屋子道，也吃不准，反正老有个影子在窗后挂着,也不知道是人是鬼。

窑姐们的表情有些夸张,吵了半天,这个话题刚好转移了兴奋点。她们把目光聚集到那个瘦脱了形的女人身上。招弟道,十一德,平时你神神叨叨,说自己是麻姑大仙的家猫下凡,今天你要把鬼逮着了,我们就信你。

十一德上气不接下气道,你们还别不信,那鬼就,就离这儿不,不远,我都瞅着了。

大家笑看十一德,等着她一步步出丑。话传到了偷窥的鬈毛耳中,她吓坏了,把脑袋缩进头颈里,不知道那个骨瘦如柴的女人是真的发现了她,还是在故弄玄虚。

十一德全然不理会那些讥讽的表情,指了下靠在门框上的秀英,喂,你是长脚,把那镜子拿给我。

秀英没动,看了眼金萍。

金萍道,给她,看她怎么捉鬼。

十一德拿到镜子,正反各摸了一遍,不满道,没念过咒,鬼怎么会怕呢。

她口中念念有词,镜子被逆光搁在她掌上,她盯着二十米开外那块半明不亮的光斑——它在一棵树的树冠里东躲西藏——秀英用手去晃她眼睛,她没眨巴一下。

十一德大声喊叫,听得鬈毛胆战心惊——

我看清楚了,是个女鬼。不要躲了,躲也没用,还不赶快出来。

她手舞足蹈作狂狷状,像个货真价实的巫婆,忽而把镜子捧过头顶,让晕头转向的光斑犹如蝴蝶乱飞。忽而栽倒在地,与无形的鬼魅作殊死搏斗。她病恹恹的喘气声没了,精气神比方才吵架时还要充沛,她扯着嗓子喊道,我看你看得很清楚,是个女鬼,甭想溜,你给我快出来。

看笑话的窑姐们故意配合她东张西望,不知道拙劣的戏怎么演到收场。而奇迹实实在在发生了,十一德杜撰的女鬼从废墟里显形了。这个画面吓坏了现场所有的目击者,连正在作法的十一德,脸上也浮出了莫名的恐惧。

同样害怕的另一个当事人是鬓毛,当她听到女鬼这两个字的时候,心理防线被击穿了。她愚蠢地听信了十一德的讹诈,自己走了出来。她视野呆滞,像是被打晕了,眼前都是叠影。似乎不是自己走出来的,而是被那个瘦女人拽出来的。只是她的迷失倥偬而过,目光与那个瘦脱了形的女人刚一接触,便从其错愕的眼神中,知道自己上了当。鬓毛故作镇静,内心追悔莫及。她并未迅即扭头逃跑,相反,迎着窑姐们向前迈了几步。此举让她暂时控制了局面,窑姐们见她走来,吓得一动不动,因为恐惧,那个瘦脱了形的女人都快哭了。

趁窑姐们还没缓过劲,她突然转身,撒腿狂奔。

遗憾的是,紧张将她绊倒了,身后有人在喊,她不是鬼,鬼不会在白天露面,快去摁住她。

这是日侧光景,天还未曾完全暗下来。窑姐们如梦初醒,奔过去把鬓毛团团围住。鬓毛打量着她们,虽然其中曾有人见过她一面,但她敢保证,自己并没被认出来。时间过去了这么些年,她早已脱胎换骨,不再是当初那个被黑杠头摔死过去的小女孩了。

那个叫招弟的女人道,掐她一下,只要有肉,就是人不是鬼。

没人敢伸出手碰鬈毛,金萍夺过十一德手里的镜子,用它豁开的快口划了下鬈毛的脚背。鬈毛往后一缩,惊恐地望着被刀片般锋利的玻璃割开的皮肤,伤口并不深,鲜血渗了出来,鬈毛抱紧了膝盖,看着流血的伤处。

金萍嚷道,你们瞧,鬼怎么会有血?

这个依据颇具说服力,窑姐们伸手掐了掐鬈毛,不是鬼,她的肉紧着呢。

十一德凑到了最前面,又开始气喘吁吁,嘴巴里的臭气喷在鬈毛脸上,用权威的口吻宣布——

谁说她不是鬼,她是鬼附体,她的肉是别人的,血也是别人的,就像封神榜里的苏妲己,狐狸精趁她睡着的时候钻进她身子里,鬼也会来这一手。

秀英将信将疑道,你说她身上有鬼,把鬼赶出来呀。

其他的窑姐附和道,说的是,你把鬼赶出来呀。

十一德道,你们把她衣服扒了,绑到树上去。

始终闷着不吭声的鬈毛,蹦起撞开了人墙,发了疯似的蹿出去很远。她知道逃跑基本是徒劳的,可她知道被扒光衣服对自己意味着什么。她没有选择的余地,孤注一掷的疾跑绝非大脑发出的指令，而是植物神经的自作主张。倏忽之间，耳边只剩下了风声，双脚离地五尺，人简直长出了双翼。

遗憾的是，一分二十秒以后，她重新成了俘虏，三分零七秒，被窑姐们扒光了衣服，七分四十二秒，被五花大绑在枯树干上。在这个过程中，她一览无遗地泄漏了身体的秘密。毋庸置疑，她的尾巴唤醒了窑姐们的记忆，根据这条线索，从鬈毛五官的蛛丝马迹中把她认了出来。

十一德趾高气扬道，她就是那个长尾巴的妖孽，我们明明亲眼看见她被黑杠头摔死了，要是没有鬼作怪，她怎么能活过来？

此时此境，十一德沾上了浓重的巫气，窑姐们不再用怀疑的神情注视她，这个瘦脱了形的女人把她们镇住了，她们敬若神明般向她讨教——

该拿她怎么办？

十一德掩饰不住得意之情，借机炫耀道，你们现在该相信我了吧，告诉你们，哪一天姑奶奶归天了，你们看到的不是我的尸骨，而是一只猫，那才是我的原神。

秀英道，没人不相信你，你说说现在该拿她怎么办？

十一德瞥了一眼鬈毛，被射来的怒目而视弄得有点发憷，膨胀感给予了她强大的心理支撑，她现在一点都不怀疑自己是个大仙，她指了指鬈毛的下身，她不单是鬼附体，还是个白虎星，你们看她奶子老大了，却连一根毛毛都没有。

一个窑姐不耐烦地插嘴,要依着我,把她烧死算了。

十一德瞪了她一眼,那怎么行。

她双腿盘坐,叨咕起谁都听不清楚的句子。持续了大约十分钟,获得神谕般睁开眼,告诉大家找到了驱鬼的办法。

30

夜晚突然来临,根据十一德除魔的步骤,窑姐们将鬟毛从枯树干上解开,抬着一丝不挂的她走进了水荷她们的房子。

鬟毛任由她们摆布,她知道再一次丧失了命运的主宰权,挣扎或摇尾乞怜都是枉然,她懒得反抗,窑姐们把她往床上一扔,用打成活结的绳子套住两只手腕,一抽一拉,她就被固定在床架上了。

招弟过来跟水荷搭腔——

有什么东西可以填一下肚子?

水荷道,一下子来了那么多人,就是把米缸掏空了都不够你们吃的。

招弟道,别那么小气,往后还少得了互相照应?我们大老远赶来,不就冲着你们四个是姐妹嘛。

水荷道,丑话说在前头,我们好不容易积了些吃的,都是姐妹几个卖肉得来的。今天你们刚到,每人赏一块面饼,多了可没有。也就这一回,明天开始你们就得自己找吃的了。金萍，你说呢。

金萍道，没错，每人一块就得十七块，够我们四个吃两天的。

十一德道，你们这么一说，我肚子还真有点饿过头了，加紧拿来吧，吃完了好收拾那个白虎星。

金萍回过头，青红，你去数十七块面饼过来。

招弟道，等下你们把搽脸的东西也借来使使，待会儿老娘到河里搓一把，晚上就开始卖，省得明天一早就得挨饿。

十一德道，今天晚上还轮不上你卖，我要让那个白虎星替我们接客。

招弟说道，她是个鬼，谁敢上她身子。

十一德嚼着干巴巴的面饼道，她身子可是人的，鬼在她里面，等男人们来了，干她一个晚上，一刻也不要停。男人那玩意儿阳气重，在她身子里撞来撞去，鬼肯定受不了，就会逃跑的。

招弟道，可男人敢上她身子么？

十一德道，这不用你费心，那些个骚包，看见光身子女人立马就直了。你没见那女的，才十七八岁，虽然是个鬼附体，一看就是个雏儿，你看她眉眼刚长开，奶子鼓鼓的，肉也紧，待会儿为了谁先开苞，那些个骚包还得打破头呢。

事实证明，对嫖客的分析，十一德没有夸大其辞。黄花闺女的诱惑足以令他们拼死吃河豚，光裸的鬈毛让他们色迷了心窍。破一个姑娘的身子比起子虚乌有的恶果来说，无疑更切实际，他们偾张的五官中充满了兽性。

被囚禁在床上的鬈毛控制着身体的颤抖，把牙关咬紧，眸底浮泛的一些错乱蒙住了她的注视，那是她的眼屎。她的整张皮肤蛇蜕下来，没有血迹，恰似一件肉色长袍在荒凉的墓地上空盘旋。七个巨大的坟非常醒目地耸立在天底下，它们原先分布在岛上各处，不知何种力量将之挪移到了一起。

失去了皮肤的保护，鬈毛的每一块骨骼在风中咯吱作响，她扑腾着双臂，追逐着飞行中的皮肤，试图抓住它重新穿上，如同穿回自己的尊严。可她怎么都抓不住，总是差了一点距离，眼睁睁看着它从指缝间滑开。

鬈毛看见七个大坟离开了地面，相应地，荒原上出现了七个干涸的窟窿。密匝匝蠕动的当然不会是蝼蚁的大军，鬈毛倒吸了一口凉气，她相信自己俯瞰的正是地狱的图景——丧生于地震的亡灵正在狂欢中庆祝复活，它们依然是鬼魂模样，男女莫辨，跳来蹦去的都是骷髅与骨架。上肢拼命向上伸举，鬈毛领悟到，它们是觊觎那张飞行中的皮肤，好像谁得到了它，谁便可以返回阳间。鬈毛必须先于它们把皮肤抓住，否则她将万劫不复。她双臂扑腾得更加剧烈，皮肤掠过最近处的一个大坟，她手臂暴长三尺，关节处渗出了血滴，却还是未能够着。地狱中的鬼魂摆脱了羁绊，一蹬一蹬蹿突而上。七个大坟静止于高空，吐出贪婪的煞气。鬈毛再也看不见她的皮肤，身边只有影影绰绰的骷髅与骨架，她感到自己在急遽地陨落，群魔乱舞的白骨用黑幕遮蔽了天穹。

瘴气散尽，飞行中的皮肤在视野里重现，它完好无损，并未被鬼魂绞成碎片。它朝鬈毛飞了过来，似乎认清了谁才是真正的主人。鬈毛刚要去接，却慢了一拍，一个身影哧溜一下钻进了肉色的长袍。情急之下，鬈毛伸手去夺，也被囫囵吸入了其中。一张皮肤怎么容得下两具躯壳，鬈毛被一种剖开的刺痛感弄疼了，她看不清身体里的另一个人，只是那股类似植物腐败的气味又回到了她的鼻腔里，她扭动了一下腰肢，嗷地叫出声来——

来福，你干吗占我的地方？

她怨恨的呵斥并不坚决，没有给来福来一通拳打脚踢。鬼魂们围着她和来福舞蹈，恐惧使她的呼吸受到了抑制，她发不出声音，只能在心里期望这一幕早些结束。

东方吐出鱼肚白的时刻，对鬈毛的蹂躏方告停歇。最后一个嫖客从她身上下来，脚步飘摇地离开了。

鬈毛照旧沉浸在恍若隔世的虚无之中，通过微弱的光线，她回到了往昔。小木船载着她的忧伤与憧憬，徜徉在纵横交叉的河流间。那些浮家泛宅的日子湮灭在红尘深处，岁月的雪泥鸿爪却又蕴藏了深重的隐喻。鬈毛把苟延残喘的躯壳丢在床上，灵魂被风吹成了纸鹞，兀自在氤氲的梦魇里翱翔。

31

后来的那十七个窑姐齐心协力，准备赶在雨季前，将挑中的三间损坏程度较小的屋子修缮完毕。她们恼火的是，水荷她们四个宁愿孵太阳嗑瓜子，也不肯过来搬哪怕一块砖头。很明显，她们还在为定下的规矩被破坏而气不打一处来——水荷从嫖客嘴里得知这些娘们不用避孕套，同时将嫖资大幅下降——这种挖墙脚的行径其实不难理解，她们在年龄与姿色上丧失了优势，才会出此下策，以换取更多的眷顾。

水荷把这个消息告诉了另外三人，大家当然咽不下这口气，心直口快的金萍首先向招弟发难——

你们要想死可别捎上我们，降价也就算了，谁让你们老得没人要了，可不戴避孕套是要死人的，别忘了那场梅毒，你们是亲眼看着春燕是怎么咽气的，不戴避孕套，就等着和她一样的下场吧。

招弟将金萍的话当作了放屁，她自恃人多势众，双手叉着老腰道，老娘就是要找死，老娘不但要降价，还要免费让人家肏。你他妈的以为自己是大户人家的千金小姐，真不怕害臊，你也是个千人压万人骑的货色。以为比老娘小几岁就不是臭婊子了，你他妈的去死吧，这世上少了你更清静。

招弟话音刚落，金萍一记响亮的耳光就掴在她左腮上。招弟脸都绿了，扑上来与金萍扭打。所幸现场没失控成混战，两边的人各自去劝，把她们两个拆开。吃了亏的招弟还要来战，被三个窑姐架着胳膊拖走了。

金萍怒气未消,冲着水荷、秀英和青红一通吼——

把我放开,看我不撕烂她那张狗屄,不识好歹的东西。

水荷道,她们要铁了心这么干,就是打破头又有什么用。

金萍道,我们不像国香朝中有人,死活都是一根线上的蚂蚱,我可不愿像春燕那样烂死。

由此,这边四个窑姐便跟那边十七个窑姐断了往来,当后者汗流浃背整修房子的时候,她们故意坐在不远处,嗑瓜子谈笑风生,把瓜子壳的声音啐得清脆无比。

秀英忽然压低了调门,提了个建议——

我们把那个鬈毛放了吧,她替她们卖肉,我们又拿不到一分钱,太便宜她们了。鬈毛也怪可怜的,每天要卖那么多次,真是作孽。

金萍道,鬈毛不是被绑在树上,就是被绑在床上,十一德又盯得死死的,怎么下手呢?

秀英道,水荷肯定有办法,当初为了救那个王老屄,连警察的钥匙都能偷来,要救鬈毛还不简单。

水荷脸一红,后悔告诉你们听了,那把钥匙把王老屄害了,要不然他也不会死。我听说阿旦只判了五年,王老屄的罪总不会比阿旦重吧,阿旦是管家,他只是个打手。

青红道,我一直不相信,警察一枪崩在王老屄肚皮上,怎么赵和尚的肚肠就流出来了呢?

秀英道,这叫天下之大无奇不有,远的不说,你看那个鬏毛,都十来天了,给她吃什么都吐,居然也饿不死她。

青红道,她那样的还是人么,我怀疑那个鬼还在她身子里呢。

秀英道,瞧她可怜巴巴的,哪像什么鬼,要真的是鬼,怎么不害人?

金萍道,你们别瞎嘀咕了,如果真想放她走,现在下手最好,那些娘们正忙着弄房子,估计还能钻空子。等她们忙完了,只有干瞪眼的份了。

水荷道,要不现在就下手。

金萍道,现在不行,等天擦黑了再说。

青红忽然害怕道,算了,那帮母夜叉要是知道是我们放了她,还不把我们生吞活剥了。

秀英道,青红说的也是,我们也没必要为了鬏毛冒这个险,我们可以暗地里帮她一把,她要是跑成了,最好,要是被逮了回来,也和我们没关系。

水荷道,你这话是不错,可怎么帮她呢。

金萍道,又想帮又害怕,还是别干了。

秀英道,不干心里又不平衡,她替她们卖肉,我们又拿不到一分钱。

水荷道,我琢磨着鬏毛自己也会想法跑,说不定她早想好怎么逃了。

诚如水荷所料,鬏毛在她预言后的第四天凌晨金蝉脱壳而去。她消失的方式十分完美,不仅成功摆脱了手腕上的绳子，还将十一德如法炮制固定在了床架上。

十一德的嘴里塞着她自己的一只单鞋，皮包骨头的身架上尸斑已漫山遍野。这个满口大话的女人最终还是食言了，遗骸被搁置了七天之久，也未能显现出猫的原形。

又过了四十三天，梅毒的瘟疫死灰复燃，症状与上次相比，有过之而无不及。死亡的病例再次出现了，病毒的进攻就像蝗虫扑向秋收的麦田，将患者的细胞悉数破坏。恐惧在淅淅沥沥的雨季重新上演，江边共有三十三名患者呜呼哀哉。这个数字尚不包括二十名窑姐，她们无一幸免，全部凄惨地烂死在那座被废弃的村落里。

关于窑姐们的集体死亡，有很多传闻。比较广泛的说法是，她们被囚禁在一幢门窗被钉死的房子里，每天有人通过小洞送入食物——没有人给予她们死亡判决，但她们没能获得药品。也没有人故意要剥夺她们生命，如果她们的免疫力能自我挽救的话——人们的目的只是为了不让她们继续卖淫，这是一种人道主义的惩罚和救赎，没有人相信她们会全军覆灭，正如没有人相信她们中有人会活着出来一样。

时光又推移了半年，耗时悠长的越江大桥终于将岛屿和对岸的陆地连接了起来。一大早，码头上站满了人，他们是来看通车仪式的。这是岛屿有史以来最大的节日，天堑变通途，从此以后，惊涛骇浪再也阻隔不了人们进出岛屿的自由。随着工程的落成，时断时续的危险航线也在同一天宣布了停航。庆典仪式是从喧天的锣鼓声中开始的,随后是一系列例行的程序——剪彩中放飞的鸽群,五彩的注氢气球,比雷声更辉煌的鞭炮的爆炸。

一个梅毒幸存者混迹于公众之间,在逃亡的日子里,她曾被积累在体内的毒素打败。她昏死过去,又被呕吐唤醒——该死的身体里装满了野兽——最严重的阶段,她遍体全是溃疡,头发掉得一根不剩,连脚底板也是血污的软痂。她甚至一度失明,摸索在伸手不见五指的黑暗里。她能活下来实在是奇迹的恩赐,她的生命里拥有过那么多奇迹,再加上一次又有何妨。她从死亡的边缘爬回了人间,屁股上的半截尾巴掉光了肉,仅有干枯的细骨挂在那儿,她摸了摸,将它一折,手里就多了一根钙化硬物。

失去尾巴不久,她获得了新生,皮肤重新变得光滑,头发开始生长,牙齿洁白得如同月光,呼吸有海藻的清新,站在溪流或者清泉边,就是一个漂亮的村妞——蘸点潮湿的露水,涂在嘴边,双唇更滋润了一些——她如同一个来自风中的传奇,一朵吊诡的蒲公英。

这一刻她站在这里,不是别人,只是她自己。

我们的女主人公踏上了引桥,她的卑微与渺小在狂欢中可忽略不计。她望着前方,向大桥的另一端走去。她走得很慢,一点也不着急,一路上无人对她加以阻拦——她连自己都不认识自己,遑论别人将她识破——不知走了多久,直到踏上彼岸陌生的陆地,她又走了一程,消失在稿纸的页面之中，而我笔尖的墨水刚好枯竭，仅够用来圈上一个句号。

    2001年1月1日起笔于浦东众鑫大厦办公室
      2002年8月22日完稿于浦东花木寓中
   2016年10月15日凌晨修订于苏州河畔寓中